手塚英男

薔薇雨《ばらう》

1960年6月

樺美智子との
出会い・共闘・論争
そして訣別

同時代社

60年安保闘争——安保阻止国民会議６・15統一行動。国会前に全日本学生自治会総連合（全学連）２万人が集まり、夕刻から約7000人が国会構内に乱入、南門付近で警官隊と激突した。　〈毎日新聞社提供：1960年６月15日撮影〉

国会構内に突入した学生たち。機動隊が警棒をふりかざして襲いかかり、外に押し出した。この衝突で東大生、樺美智子さんが死亡した。
〈毎日新聞社提供：1960年６月15日撮影〉

国会南通用門前に設けられた樺美智子さんを悼む祭壇前で黙とうする学生たち。
〈毎日新聞社提供：1960年６月18日撮影〉

『薔薇雨』再刊に寄せて

江刺昭子

手塚英男さんにお目にかかったのは、樺美智子の評伝を手がけているときだった。東大で手塚さんと同期の北原敦さんに『薔薇雨』（『枯々草』四集）を見せていただき、登場人物の「彼女」の話を聞かせてほしいとお願いし、松本市にお訪ねした。

『薔薇雨』はこんな場面から始まる。

「私」が子どもたちに本の読み聞かせをしていると、窓の外で朗読に聞きいっている女の子がいる。意志の強そうな顔立ちに真剣な目差し、昔、どこかで逢ったような気がする女の子は、話し終わって「私」が外に出てみると、もういない。

そうして、「私」は遠い日のあの夜の回想に入っていく。あの夜、何があったのだろう。

新日米安保条約の自然成立を四日後に控えた一九六〇年六月一五日の夜。条約に反対する全学連の学生たちが国会構内に突入して警官隊と激突し、東大四年生の樺美智子が亡くなった。樺忌として人びとの記憶に刻まれ、なかば伝説化しているのは、真面目な一般学生がデモに巻きこまれて命を落としたというもの。平凡な娘だったと両親は言い、安保改定阻止国民会議が主催した葬儀では「セーターに身をつつんだ可憐な少女」が権力に虐殺されたと純化、聖化されたが、実像は違うのではないか。

こんな疑問から出発したわたしの樺美智子を探す旅は、『薔薇雨』の中の「彼女」に出会い、ようやく確かな輪郭を得て、『樺美智子　聖少女伝説』を書き上げることができた。


『薔薇雨』の時代は、主人公の「私」が東大の文科Ⅱ類に入学した一九五七年四月から六〇年六月までの三年余。「私」は自治会の委員になり、同じく委員の「彼女」らと原水爆実験反対のデモなどに参加する。戦後十数年のこの頃は、学生も労働者も市民も、戦争に痛めつけられた記憶から平和を求める気持ちが強く、核実験や米軍基地の拡張などに反対した。主人公は体当たりの活動を見込まれて共産党に入党。東大駒場細胞のメンバーとして闘争にのめりこんでいく。

一方で主人公はセツルメントのサークルに入って貧民街に通い詰め、放りっぱなしにされている子どもたちの勉強をみたり、遊び相手になる。「彼女」は歴史研究会に所属してマルクス主義の勉強に力を入れ、やはり共産党に入党する。二年生の夏頃から学生運動に新しい前衛党を作る動きが出てきて、五八年一一月には新セクトが誕生する。主人公はその理論に危うさを感じて共産党に残留するが、「彼女」はセクトに参加して書記局を支える。

場面は安保闘争へと移り、セクトは全学連の主流派として国会占拠、羽田ロビー闘争、首相官邸突入と過激な実力闘争を組み、「彼女」は文学部学友会の副委員長として、セクトの方針に忠実に動く。主人公のほうは卒業後の地域活動を見据えてセツルの活動に専念。専門課程も教育学部社会教育専攻コースを選び、国民会議のもとで闘う反主流派のデモに参加しながら、違うデモの隊列の中にいる彼女とは言葉を交わすこともなくなる。

本書は小説形式になっているが、著者の体験をベースにしており、背景になっている内外の政治情勢が丁寧に書き込まれていて、当時の学生運動の内実を知らない者にもよくわかる。「私」は著者自身、登場人物は仮名だがいずれも実在し、「彼女」は樺美智子を投影している。樺美智子はどんな人だったのだろう。

一九三七年に東京で大学教員の父と専業主婦の母の長女に生まれ、知的で豊かな環境でのびのびと育った。宮本百合子を愛読し、恵まれない人びとへの関心から社会主義思想に傾倒。神戸高校時代には炭鉱離職者の窮状を知りカンパを集めて送るなど行動派だ。大学入学後は社会科学系の本を多読し、勉強にも学生運動にもひたむきに取り組んでいく。

著者と樺の道を分けたのは、全学連分裂時の選択だ。樺が選んだのは新セクト、つまり共産党を脱党した人びとが結成したブント（共産主義者同盟）で、命を失うことも辞さない覚悟で冒険主義的な武力闘争に投じていく経緯が本書の「私」と「彼女」の議論から見えてくる。

地域活動に取り組んでいる「私」に、理論のないセツラーの活動は、自己満足的な経験主義で階級闘争にとって不毛だと「彼女」は言う。「私」は、理論が先にあって実践があるのではなく、実践を通じて理論を構築し、返すことで検証できると反論する。勤評闘争の評価も分かれる。実践より理論、大衆に対する知識人の優位性を主張する「彼女」と「私」の考えは平行線のままに終わる。寡黙だったという樺が書かれている通りに話したというより、著者の自問自答に近いのだろうが、樺の行動に照らして「彼女」の主張はその人のものと納得できる。今読むと生硬さが際立つが、それが彼女の信じる道だった。

絵のような描写がある。渋谷の交差点で、夕日を背に対向の群衆の中から湧き出すように「私」のほうに歩み寄ってくる二人連れ。嬉々として母と腕を組む「彼女」である。「私」とすれ違うとき笑みを浮かべ、腰に当てた掌を小さく振った。この場面は創作ではなく事実だと、著者から聞いた。学友会副委員長の任を解かれた娘と恩師宅に挨拶に行き、これからは卒論の勉強をすると約束したと母の樺光子が書いている。その日であろう。母娘は腕を組んで歩く習慣があった。しかし、その日から六月一五日まではわずかしかなかった。

樺美智子を殺したのは誰なのか。直接手を下したのは警備の機動隊だろうが、革命の幻想を振りまいたブントの指導者たちは、彼女を追い込んだ運動の経過を検証した墓碑銘を書くべきだろう。安保闘争はスポーツのようなものだったとか、青春の通過儀礼だったとする当事者らの回想があるが、それは彼女に対して無責任な気がする。

「はねあがり」として全学連主流派を批判してきた国民会議が、死んだ樺美智子を犠牲者として祭り上げることで、盛り上がった反対運動をその一点に収斂させた。国民運動の熱気は一気に冷えた。その検証もいまだ十分でなく、左翼陣営の分裂は今も続く。

また、全学連の一方の当事者として安保闘争を担った反主流派の記録はあまり目にしない。そういう意味で本書は、反主流派として最後まで闘争の手を抜かなかった著者が、かつての体験を咀嚼しつくした上での物語で、時代の貴重な証言である。六〇年前から今日まで地熱のように温かく、持続的な志を持ち続け、社会教育の現場で活動してこられた著者ならではの誠実な記録である。劇場型のパフォーマンスが受ける今の時代には欠けているもので、学ぶべきことが多い。

えさし・あきこ　広島市出身、早稲田大学卒。女性史研究者。原爆作家・大田洋子の評伝『草饐《くさずえ》』（大月書店）で田村俊子賞。著書に『樺美智子、安保闘争で斃《たお》れた東大生』（河出文庫）『女のくせに　草分けの女性新聞記者たち』（インパクト出版会）など多数。

薔《ば》薇《ら》雨《う》　1960年6月　——　目次

薔《ば》薇《ら》雨《う》

１９６０年６月

土曜日の午後だった。

図書館の児童室は、小さな子どもたちで賑わっていた。勝手な姿勢で、絨毯《じゅうたん》の上に座ったり、寝転んだりして騒いでいる。

お待ちかねの、土曜子ども会が始まるのだ。

ヒマラヤ杉に囲まれた旧制高等学校の洋風木造校舎は、市民の文化会館として活用され、うち二部屋が図書館の分館に当てられていた。児童室は、花模様のくすんだ布壁と桜の材を緻密に組んだ腰板に装われた、昔の校長室であった。

保育短大のボランティアの女子学生たちがゲーム遊びをやった後、館長の私が絵本の読み聞かせとお話しをひとつ、子どもたちにしてやることになっていた。

八月にはまだ間があったが、私が選んだのは、『かわいそうなぞう』の絵本と『わたしがちいさかったときに』という本のなかにある広島の女の子の作文だった。

ゲームの余韻が、子どもたちの上に波立っていた。私は、あえて、騒がしい波に向かって語り始めた。

大戦末期に、上野動物園で殺された三頭の象の物語は、子どもたちをかなり惹《ひ》きつけたようだ。波のざわめきが、沖へ沖へと退いて行く。

その調子、その調子。自分に言い聞かせ、次のお話しにとりかかった。

それは、当時小学校一年生で被爆した女の子の作文だった。

＊『わたしがちいさかったときに』（童心社）から山本節子（当時小学校一年）の作文

「朝の食事を済ました時であった。どこからともなく、ピカッと光った」

ドカーンとものすごい音が聞こえ、あたりが真っ暗になる。近くにいる母の顔さえわからない。その瞬間、なにか重いものに押さえつけられてしまった。苦しい。

思い切り足をバダバタと動かすと、やっとはい出すことができた。

でも背中の上に、大きな材木が乗っていて、どうすることもできない。

「助けてー」と叫んだが、だれ一人来てくれる人はいない。

火は、もう私のそばに迫って来た。

「お母さんは、あとでにげるから、先ににげなさい。さ、早く早く」

母は一生懸命にいっている。


作文を読んでやりながら、ふと、右手の窓に目が行った。中庭に繁るヒマラヤ杉の濃い緑を背に、開け放した窓の外から、小学校三、四年生ぐらいの女の子が一人、私の朗読に聞き入っていた。今どき珍しい、耳の上できちんと整えたおかっぱ髪だ。意志の強そうな顔立ちに真剣な目差しがかわいかった。昔、どこかで逢ったような気がした。が、想い出せなかった。

麻綱で引き上げる方式の木造校舎の古風な吊り窓は、地面からかなり高い位置にあった。女の子は、御影石の土台と板壁のわずかな隙間に足を乗せて、窓枠に懸命にしがみついているにちがいなかった。

「くたびれちゃうよ」

段落が切れたところで、胸の内で女の子に呼びかけ、入っておいでよ、と手招きをした。

女の子は、恥ずかしそうににかっと笑ったまま、不安定な存在感を崩さない。

「お母ちゃん、お母ちゃん」と泣き叫びながら、火の中を夢中で走った。

まわりは火の海で、もうにげられない。

用水桶の中にとびこんだ。

まるで、お風呂のように熱い。

用水桶につかまったまま、夢のようになって気を失った。

気がついた時は、朝のようだった。

地面はやけつくように熱い。

道ばたに、たくさんの人が死んでいる。

犬や猫の死がいもころがっていて、目をそむけたい。

あんなににぎやかだった街も、見渡すかぎり焼野が原となっている。

鉄さんの洋館だけが、巨人のように立っている。

作文の最後の行を読み了えた。沖合から、また小さなさざ波が還って来る。子どもたちの間から、ため息がもれた。どの子の瞳からも、悲しみが溢れ出るのがわかる。

「この子は生き残って、宮島のおばさんの家に着いたけど」

一人ひとりの瞳をのぞき込みながら、私は語り続けた。

「原爆の炎《ひ》にやかれて死んでしまった、おおぜいの子どもたち。みなさんと同じ歳の小さな子どもたち。その子たちの歌を歌います」

保育短大の女子学生が、かたわらでギターを鳴らした。

少し気恥ずかしい。が、語るように、伝えるように、私は歌い始めた。

扉をたたくのは　あたし
あなたの胸に　ひびくでしょう
小さな声がきこえるでしょう
あたしの姿は　見えないの

十年前の夏の朝
あたしは　広島で死んだ
そのまま六つの　女の子
いつまでたっても　六つなの

あたしの髪に　火がついて

目と手がやけて　しまったの
あたしは　冷たい灰になり
風でとおくへ　とびちった

歌いながら、窓を見た。女の子が、相変わらず、窓枠にしがみついていた。試すように確かめるように、きつい目差しで私を見返し、それから目を細め頬をゆるめて笑った。ヒマラヤ杉の濃い緑が、その頬にひろがった。記憶の底に刻まれた微笑だったが、遠すぎて甦って来ない。
入っておいでよ、と私はもう合図を送らなかった。

あたしは何にも　いらないの
誰にもだいて　もらえないの
紙切れのように　もえた子は
おいしいお菓子も食べられない

扉をたたくのは　あたし
みんなが笑って　くらせるよう

おいしいお菓子を食べられるよう
　署名をどうぞ　してください

　歌い終わって、会を閉じた。いつもは、子どもたちの満足気なざわめきがあるのに、今日は静かだ。引き潮のように、波が遠のいて行く。

　子どもたちを見送ってから、館の外に出て、窓枠の女の子を探した。女の子は、もういなくなっていた。

　館を囲むヒマラヤ杉の巨木群の梢から、雨がぱらぱらと落ちて来た。梅雨空のどこか彼方で、雷が鳴った。


　その日は、夜勤だった。

　午後十時に館を閉じ、館内を巡回し終わって外へ出たら、十時半をまわっていた。闇は、いつもの夜より暗く深々としていた。梅雨空が、ヒマラヤ杉の梢のあたりまで垂れ下がっているのが感じられた。幸い雨は止んでいた。今のうちだ。雨衣も携えないで、自転車をこいで慌てて帰路に着いた。

　途中で、ポツリと雨が来た。またたくまに、急な降りになった。自転車をこぎにこいだが、間に合わなかった。貸ガレージの軒を見つけて、避難した。深い闇の底が抜けたようだ。雨は土砂降りとなって、鉄板の屋根をたたいた。

小一時間も雨宿りしていただろうか。

ちょっと小降りになった隙を見計らって、思い切りよくとび出した。立ち塞がる暗闇の壁を突っ切る勢いで自転車を走らせたが、すっかり濡れそぼった。下着まで濡れたのは、汗のせいかもしれなかった。ものぐさで伸ばした長髪が、べったりと額に粘りついた。

玄関先に自転車を停めた気配で、妻の操代が迎えに出た。

「どうしたの、こんなに遅くなって。館に電話してみたけど、誰も出ないし、心配で心配で」

「ごめん、ごめん。えらい目にあっちゃった。急に土砂降りになったもんで……」

夜勤の疲労と濡れた身体の気持ち悪さに負けながら、くどくどと言い訳をした。それ以上、物をいうのも億劫《おっくう》だった。風呂場へ行って、濡れた着衣を脱ぎ捨てた。シャワーを浴びる気にもならなかった。時計を見ると、十二時を過ぎていた。

洗面台のカランを乱暴にひねって、湯を出した。ボイラーの轟音がけたたましく鳴った。夜更けの静寂をかきむしる。まったく旧式のボイラーは、図体ばかりでかくて、困りものだ。

「こんな夜中に、シャワーなんか使って……」

いつもわが子に注意していた手前、自分を咎《とが》めながら、慌てて湯を止めた。

「ビールを出しておきましたから」

妻が背中から声をかけた。

「今日は、私の職場ったら三人も休んじゃったのよ。仕事いそがしくて。もう、くたくた。わたし、明日は早出なんですから。先に、休むわよ。あなたも、早く寝て。もうお互いに若くないのよ」

とっくに五十歳を越えたのよ。あなたもわたしも。こう毎晩々々遅くっちゃあ、お互いに身体がもたないわよ。二階の階段を上がりながら、声が次第に尖って行く。

私にも言い分があったが、ぐっと堪えた。妻は学校給食の現場で、肉体労働をもう三十年近くやっている。三人の子を育て、夜間も土日も仕事々々と家を空ける亭主の妻を務めながらだ。高温多湿の職場での立仕事だから、こうむし暑い日には体力の消耗が激しい。そこへ行けば、私の仕事など不規則ではあるが、肉体の消耗度は妻の比ではない。

居間に戻って、缶ビールをちびちびやった。親の脛《すね》かじりの子が三人、親元を離れているので、妻が休んだ後の狭い家は、しんと静まっている。雨が止んだのか、隣家の向こうの田んぼのあたりで、蛙が一斉に鳴き出した。

夕刊を読むのも、テレビを観るのも面倒くさい。背もたれにもたれてボヤッとビールを飲んでいると、お決まりのうたた寝が始まった。

現実と夢想の境界のあたりで、宙ぶらりんに浮いている。

やはり、雨にびしょ濡れに打たれて、たたずんでいた。雨中を逃げに逃げまわった後の汗かもしれなかった。髪がべったり、額に粘りついていた。むし暑い深夜の空気まで、張りついて来る。

身体を拭おうと、栓をひねった。洗面器に水がほとばしる。水道の鉛管が、がんがんと鳴る。流しの排水管が、水を呑み込みながら、共鳴して唸る。周りの闇がわめき出した。こんな夜中に水道なんか使って。何時だと思ってるんです！

うるさいったらありゃしない。非常識ですよ。眠れないじゃないですか！

あんたは昼まで寝ていられるでしょうが、うちはねえ、朝が早いんですよ！

すいません、すいません。私は闇に向かって、ひたすら謝る。

ぺこぺこと謝りながら、唐突に、昼間のおかっぱの女の子を憶い出した。

意志の強そうな、興味深そうな、あの目差し。

試すように、確かめるように、私を射るあの目差し。

遠い昔、その目差しに射られ、その目差しを見返したことがあった。あれも、六月の雨の夜だったのだろうか。

その遠い昔へ夢を辿ろうとして、うたた寝から覚めた。

いつの間にか、また、雨が降っていた。

＊　＊　＊

木賃アパートの階段を誰か上がって来た。二階の一番端の私たちの部屋の前で、ピタリと止まった。スリッパの音からして、険悪だ。予感のとおり扉がノックされ、開けるといきなり女性の声が浴びせられた。

「こんな夜中に水道なんか使って。何時だと思ってるんです。下の部屋の者ですけど、うるさいったらありゃしない。非常識ですよ。眠れないじゃないですか。あんたのような学生さんと違って、うちはサラリーマンなんですからね。朝早いんですから」

すいません、すいません。そういう間もなく、ピシャリと扉を閉めて、スリッパの音は去って行った。

あの夜、雨と汗で濡れたわが身を、どうやってアパートまで運んだか、まったく記憶にない。

額に張りついた髪をかき上げながら、四畳半の部屋に崩れ込むと、小さな折りたたみの茶卓に向かって正座し、ラジオを聞いていた操代が、慌てて起って迎えた。

「大丈夫？　怪我はないの？」

「見たとおりさ」

「ラジオは絶叫してるわ。国会周辺でデモ隊に機動隊が襲いかかって、負傷者が大勢出ているって。まさか、あなたが……」

「大丈夫だよ」

「死者も何人か出ているらしいわ」

「死者?」

「確かなことは分からないけど……」

泥だらけ、早く脱ぎなさいよ。急に気づいたように、操代は、流しのガスコンロで湯を沸かし始めた。

　湯は、すぐ沸いた。全身を拭いながら、何べんも洗面器の湯を取りかえた。その都度、水道管と排水管が共振し、深夜の木賃アパートに甲高い音を響かせた。階下の主婦が怒鳴り込んで来るのも、当然だった。

　身体の底に、重い石を抱えこんでいるようだった。国会の周辺を離れるにつれて、石は私の身に入りこんで来たのだ。沼の泥底に、重く重く沈んでいる。私は、ひたすら眠りたかった。

　ボリュームを落としたラジオから、アナウサーの興奮した現場中継の絶叫が流れていた。ラジオを消し、操代が敷いた布団に倒れこんだ。狭い部屋では、一組の布団しか敷けない。すぐに操代が入って来て、私の背中に顔を押し当てた。

「すごいデモだったわ。わたしたちの労働組合のデモ隊は、八時ごろ引き上げたんだけど、まだ後から後からおし寄せて来た。日本中の国民が、夜の国会をぎっしり取り囲んでいるみたいだったわ」

　寝返って操代を抱いた。

操代の声は、どこか遠くから聞こえる。石は、どんどん重量感を増し、私を睡魔の沼にひきずり落として行く。

午後八時ごろ、私たちの学生デモ隊は、国会のわきの街路に座りこんでいた。雨もよいの夜の空間は、旗とプラカードと大群衆の熱気で埋めつくされていた。フラッシュがあちこちでたかれる。闇を切り裂く閃光は、ニュース映画の撮影だろうか。無秩序に交錯する光に浮き出た国会は、人民に完全に包囲されていた。

宣伝カーの上から、誰かがアジ演説をぶった。歓声、拍手、怒号、シュプレッヒコールが、夜の海原を津波となって伝わって行った。どこかで革命歌を歌い出す一団があった。歌は海原から、夜の曇天へ拡散して行った。

国会と国民を隔てる鉄柵の内側に、機動隊がずらりと並んで待機していた。まるで黒い戦闘服の壁だ。昼間このあたりで、新劇人のデモ隊を手荒に蹴散らした興奮が、彼等の隊列から不気味に放たれていた。

一九六〇年六月十五日。新日米安保条約の自然成立を四日後に控えて、その夜、国民の憤激が国会をおおいつくしていた。

人々が起ち上がった。宣伝カーの上で、国民共闘会議のリーダーが喋り始めた。それを合図に、デモ隊は動き出した。黒々と街路いっぱいにひろがるゆるやかな潮流となって移動して行った。

アンポ　フンサイ
キシヲ　タオセ
コッカイ　カイサン
シュプレッヒコールが闇を圧した。
激しい渦を幾重にも巻き、解いては巻き、デモ隊は、東京駅に向かって進路をとった。私も、その隊列のなかで、道幅いっぱいに膨らんで、走ったり叫んだりしていた。
同じ時刻、国会をとりまく別の闇に、もうひとつの集団があった。機動隊の分厚い壁が、その空間だけを切り離していた。なにかが始まろうとしていた。いや、もう、石は転がったのだ。
誰の意思で。しかし、もう誰にも止められない激突をきっかけに、機動隊の固くとげとげしい長靴は、雨に濡れた地を蹂躪《じゅうりん》しているところだった。私の友人も多数、その集団に参加しているはずだった。
そして、その閉ざされた闇のなかで、国会南通用門が引きずり倒されたところであった。
二十日前の五月十九日深夜、自民党は国会内に導き入れた警官隊と右翼団体に守られて、衆議院における新安保条約承認と国会会期五十日延長を強行採決した。
この暴挙から三十日後、六月十九日午前零時に、新安保は自然承認となる。即刻批准の手続きを終え、アイゼンハワー大統領の来日をお迎えする。国会のひな壇で岸とアイクが握手し、迎賓館で天皇とアイクが挨拶を交換する。新安保条約で結ばれた日米新時代の到来だ。岸内閣はめでたく延命する。それが彼等のスケジュールだった。

アメリカの戦争のために基地をはじめさまざまな便宜を無条件で提供しようという条約改定だった。日本の基地は、激化する東西冷戦の最前線となる。核を積んだミサイルが社会主義の国々に照準をあわせ、戦略爆撃機が轟音をたてて発進する。アメリカの核を背景に、日本も軍備を増強し、ふたたびアジア諸国ににらみをきかす。

こうした新安保は、十五年前、敗戦のなかから平和と民主主義を誓い、憲法第九条をもつ国民にまったくそぐわない条約だった。国民の幅ひろく必死の反対の声を無視し、民主主義を根底から破壊して。

平和と民主主義があぶない。その思いが国民を起ち上がらせた。

この一ヶ月、国会の周辺は連日数万人のデモにおおわれた。安保改定阻止国民共闘会議に結集する労働者・学生・市民・文化人、二千をこえる全国の地域共闘会議から参加した抗議の人波は、国会から主要な駅に通じる首都東京の街路を埋めつくした。労働者のゼネストによって、東京の国電はストップした。

独裁者・李承晩を打倒した韓国の国民、大学生、高校生の蜂起が、闘いを鼓舞した。空前の大衆運動に驚愕したのは、岸内閣や自民党だけではなかった。

米大統領の訪日を前に、マスコミは、「一時休戦」を声高に大合唱し始めた。反動勢力とマスコミがつくり出したこの情況を打破し、安保を粉砕する道はなにか。これまで十七次にわたる統一行動と国会デモの先頭に立ち、果敢に闘って来た全学連のなかに危機感がひろがり、極限に達しようとしていた。

極限は、溝を深める。一昨年からくすぶっていた学生運動をめぐる意見の相違は、激しく対立するものとなった。国民共闘会議のデモに整然と参加するか、それとも、国民共闘会議の「お焼香デモ」を排して国会に突入し、状況を転換させるか。

この数日、学部の自治会室で、街頭のデモのなかで、私たちはそんな激論に明け暮れた。学生運動は分裂し、激論は平行線のまま、罵りあいに変わり、修復は不可能だった。

マスコミなどによる「一時休戦」の提唱は、米大統領新聞係秘書に対する羽田空港での手荒な歓迎に起因していた。

六月十日午後、大統領訪日の地ならしのために空港に降り立った新聞係秘書ハガチーは、デモ隊にさえぎられ、ヘリコプターに吊り上げられて、空中へ脱出した。

安保改定は、帝国主義復活をめざして、日本独占資本とその政治的代弁者・岸が自発的におこなうものであり、したがって安保闘争は、プロレタリア社会主義革命の路線上に位置づけられるものであって、民族・民主革命の路線から反米闘争として闘われるべきものではないとの論理から、彼等のセクトと全学連主流派があえて無視したこの抗議行動に、私は、反主流派のデモ隊の一員として加わった。

そしてハガチーのみじめで滑稽な脱出劇を、眼前で目撃した。

その日、秘書に抗議の意思を伝えるため、デモ隊は、空港入口に結集していた。米大使が秘書を迎えに、ヘリコプターで到着した。秘書は、そのヘリコプターで、米大使館入りをする模様だった。私たちの抗議は、空振りに終わろうとしていた。

ところが、どういう手違いか、秘書と大使は、大使館のキャデラックに乗って、いきなり空港地下道から国道を埋めつくしたデモ隊のなかに突入して来た。日本のデモ隊なんてたいしたことはないだろう。そうたかをくっていたにちがいない。そして要人用の高級車は立往生した。

まさかそれが、あの重要人物だとは知らなかった。

私たちは怒って、車のドアをたたいた。車内を覗きこんだ誰かが叫んだ。

「乱暴な車だなあ」

「秘書と大使が乗ってるぞ」

激興したデモ隊が、車に殺到した。労組員も学生も、入り乱れて走った。ボンネットがたたかれ、車体が揺れた。小石が飛んだ。突発的な、まったく自然発生的な行動だった。人波の圧力で、いやおうなしに私は、最前列に押し出された。後部座席のガラス越しに、恐怖にゆがんだ秘書と大使の顔が見えた。前後の車列から、数人のボディガードが飛び出して来て、秘書の車の両脇に立ちはだかった。見上げるような大男たちだった。分厚い胸板を包んだスーツの内側に、ベルトで吊った護身用の拳銃でも隠している雰囲気だった。

「こんな男とやりあったら、たちまちノックアウトされちゃうな」

一瞬、場違いなことを考えた。

デモ隊のリーダーが車の屋根に飛び乗って、皆を制した。

「彼等の挑発に乗るな。われわれは、整然と座り込んで、抗議の意思を伝えようではないか」

意外に従順に、デモ隊は、その場に座り込んだ。あまりに偶発的な行動だったために、デモ隊もとまどっていた。

デモ隊の一人が、日本語のビラをガラス窓の隙間から投げ入れた。秘書は、ビラを手に取って眺め、大使と言葉を交わした。彼等もようやく、余裕を取り戻していた。煙草を吸ったり、小型カメラでデモ隊を撮ったりした。

騒然とはしていても、秘書と大使を車内に監禁しているとは信じられない落ち着いた時間が過ぎた。

機動隊が、やっと駆けつけて来た。体面を傷つけられた隊員たちは、乱暴だった。力づくでデモ隊を押しまくり、ごぼう抜きにした。機動隊との激突に慣れていないデモ隊は、乗用車を遠巻きにして座りこんだ。乗用車のまわりに、いくらかの空間ができた。が、数百人の機動隊では、数万人のデモ隊を排除して、車の脱出路を開けることは不可能だった。

バタ、バタ、バタ、凄まじい轟音がして、胴長のヘリコプターが飛んで来た。乗用車の近くに着陸しようとして、何度も失敗した。

エンジンの炸裂音、怒号。竜巻が砂塵を巻き上げ、人々を地に薙ぎ倒した。海兵隊の歴戦の操縦士も、デモ隊の頭上に舞い降りるのは、勝手が違ったにちがいない。幾度かの逡巡《しゅんじゅん》の後、ヘリコプターは、すぐ脇の草地に降下した。星のマークとＭＡＲＩＮＥＳの文字が、はっきり読めた。

秘書が背中を丸めて、ヘリコプターに走った。戦争映画を観ているようだった。機内から延びた腕が、秘書を吊り上げた。ヘリコプターは、砂塵と轟音を残して、高々と舞い上がった。

デモ隊は、逃げ去る機影に拳を突き上げて叫んだ。

　ゴーホーム　ハガチー

　アイク訪日　ハンターイ

この突発的な事件は、米大統領の訪日をてこに、安保の幕引きを図っていた勢力に、ショックを与えた。

マスコミが一丸となって、「一時休戦」のキャンペーンを張った。

このままでは、怒れる民衆が道幅いっぱいにひろがってフランス式デモをくり返した都心の街路を、日の丸と星条旗の小旗をうち振って大統領を歓迎する国民が、埋めつくしてしまうにちがいない。そのセクトのリーダーたちは、焦っていた。

安保闘争の決定的な時期に、国会構内でなく羽田空港で、セクトが忌避した闘争の場で、世界を震撼させた「人民の暴動」がひき起こされたことも、彼等の焦りの種であった。

安保闘争を反米闘争にすり変えてはならない！

国民共闘会議のお焼香デモでは、安保は粉砕できない！

国会構内に断固突入し、抗議集会を開こう！

韓国の闘う学生に続け！

六月十五日の朝、そのセクトの活動家たちは、大学のキャンパスで、声を涸して叫んでいた。その闘争が、どんな展望を拓いて行くか分からなかった。またそこに、どんな罠が仕掛けられているかもしれなかった。昨年十一月二七日の国会突入デモでは、機動隊は何もすることができなかった。国会構内は、史上初めて、三時間も学生と労組員のデモ隊に占拠された。しかし今度はちがう。機動隊は、本来の暴力的弾圧者の本性をあらわにしていた。彼等が、国会に突入する学生デモ隊を一一・二七のように退いて黙認するなどということは絶対にない。警棒を振るって雪崩のように襲いかかって来るのは明らかだ。

展望のないまま、大衆のデモから孤立して、それでも突入するか、その暴力の虎口へ。

敗北感と焦燥感、安保闘争の日和見的指導部とそれを乗り越えられない労働者への不信感、ソウルの学生暴動への熱烈な連帯感。そうした感情が、いまこそセクトの存在と方針を大衆の前に鮮明にアピールする時が来たという渇望と混ぜあわされ、撹拌され、一気に熱せられて彼等の喉元から放出されているのだ。

彼等のセクトの中枢部に、猪突の熱狂に身をおくのでなく、冷徹の眼で異義を唱えるリーダーはいないのか。今は、山口は、平岡は、森川は、時田は。彼等は一丸となって全学連の現場指導者を背後から煽りたてているのか。いやすでに現場の暴走を抑えられなくなっているのか。それとも、警備当局の幹部となんらかの手打ちをしているのか。

しかし、国会突入のアジテーションが、多くの学生の心情を惹きつけたことは事実だ。

国会南通用門に向けて大学構内を出発するデモ隊を、私は、ちがうデモ隊の隊列から見送った。彼等の集団のなかに、知った顔を大勢見つけた。かつて共にスクラムを組んで闘った活動家たち。セツルメントサークルの仲間たち。日常の寝食を共にし、裸のつきあいをした学生寮の友人たち。そのなかほどに、文学部学友会のライトブルーの旗がひるがえっていた。旗を囲む女子学生の一団。白いブラウスにクリーム色のカーディガン、黒っぽいスラックスをはいた学友会副委員長の彼女の姿も、そこにあった。

学生の歌声に　若き友よ　手を伸べよ
輝く太陽　青空を　再び戦火で　乱すな

デモ隊は、学連歌を明るく賑やかに歌いながら、ピクニックにでも行くように、ポプラ並木を進んで行った。

デモ隊が行き違った時、彼女は冷ややかに私を一瞥したように見えた。思いちがいか、思い過ごしだったかもしれない。彼女は、隣の学生と、にこやかに話しを続けていた。そのデモ隊は、すぐに地下鉄の駅の方に、遠ざかって行った。

それが、彼女を見た最後であった。

国会から東京駅へデモをする途々、後方の闇を引き裂いて、パトカーや救急車のサイレンが、けたたましく伝わって来た。異様な気配だった。それでも私たちは、既定のデモを続けた。サイレンの音は、遠く近く、ますます慌ただしく不気味に聞こえた。

流れ解散の地点に近づいた。国会周辺の情報が、デモ隊のなかを飛び交い始めた。南通用門から国会構内に突入した学生たちに、機動隊が激しく襲いかかり、目をおおう惨状だ。重傷の学生が数百人、病院に収容されている。人数は不明だが、死者も出た模様だ。警察の装甲車が何台も焼かれて炎上し、催涙弾が撃ちこまれ、市街戦の様相だ。

解散地点に来て、私たちのデモ隊は、幾重にもなって渦巻きデモをおこなった。渦巻のかたわらに各大学のリーダーが集まって、国会周辺へ学友の救援に戻るか、流れ解散するか、激論していた。

結論が出たらしく、宣伝カーの上からリーダーが、挑発に巻き込まれず整然と抗議の意思を示した本日のデモは解散する、と伝えた。あちこちに、再び名残の渦巻ができ、巨大な輪となって道路いっぱいに拡がった。

輪が崩れ、人々が散り始めた。東京駅の改札口への流れに逆らって、かなりの学生がいま来たコースを駆け戻って行った。私も、その一人だった。午前中大学のキャンパスですれ違ったあのデモ隊のなかに見つけた友人たちの顔が、次々に浮かんで消えた。

駆け出した一団は、闇に向かって、たちまちばらばらになった。私は、独りで走っていた。パトカーのサイレンが近くなった。サイレンの音の高鳴りが、私の歩みを遅くした。私は、立ち止まった。

今から国会へ駆けつけてどうする。身の内からささやく声を聞いた。君は、そのセクトの同盟員たちから、はっきり断絶したのではないか。君は、昨日の自治会集会で、一揆主義、冒険主義の行動から展望は生まれないと、発言したではないか。ささやきは、少し大きくなった。

君はまた、かつてのように、激しく戦闘的な街頭行動の先頭に立ちたいのか。ささやきは、突き放すようにいった。では、国会周辺へ戻るがよい。眠れる労働者階級の総決起を誘発する起爆剤となって、装甲車を焼きはらい、国会構内へ断固向かいたまえ。君の激情と彼等への友情は、満たされるにちがいない。そして、機動隊の警棒に頭を割られ、催涙弾に眼をつぶされ、着衣をはがれ、鉄鋲のついた革長靴で踏みにじられるがよい。そして、そうだ。もう一度後ろ手に手錠をかけられ、パトカーにおしこめられ、留置所に繋がれるとよい。数人がかりの腕力に屈して正面と真横の顔写真をむりやり撮られ、十本の指に墨を塗りたくられて指紋を採取され、取り調べ官から罵倒と甘言を浴びせられ、正座して点呼に答え、同房者の面前で排便をし、刑事に手錠で繋がれて検事の前に引き据えられる……そうだ、あの屈辱をもう一度味わうがよい。

私の脚は、萎えた。身体が前へ進まなかった。くるりと向きを変え、最寄りの駅の灯を目指して、いきなり走り始めた。まだ、最終電車に間に合うかもしれない。パトカーのサイレンがしだいに小さくなり、国会をとりまく闇が遠くなって行った。

逃げるの？　後ろの闇から、誰かが叫んだようだ。

君たちとは、もうとっくに断絶したのさ。走りながら、私は答えた。

怖いの？　また声が聞こえた。背中を冷たく視つめらているようだった。血を流し、警棒でぶたれ、地に圧し潰されるのが怖いの？

おれと君とは、途中でちがう道を選んだのさ。勇敢に闘うか、恐怖に退くかなんて選択じゃない。背後の声に、そう答えた。

うそよ、怖いのよ。もう一度囚われるのが怖いのよ。でも、みんな囚われたのよ。わたしもよ。あなたより、もっと長く、もっと過酷によ。まだ繋がれている学友もいるわ。それでも、闘っているじゃないの。

声は、地を這うううめき声のように聞こえた。払っても払っても、追いかけて来た。

ちがう！　声を振り払って、私は叫んだ。

君の道とおれの道のどっちが大道か。どっちが迷路か。答えは、いま、この闇のなかの行動で決めることではない。声に向かって、もう一度叫んだ。

あなたには、長い人生があるわ。でも、わたしには、もう明日はないの。

うめき声は悲鳴にかわり、そして、少しずつ背後へ遠ざかって行った。

走りに走った。雨と汗で、身体が芯から濡れた。かまわず私は走りつづけた。しかし、冷徹な凝視の眼は、背中に張りついて剥《は》がれなかった。

＊　＊　＊

一九五七年四月。私は、大学の文科Ⅱ類に入学し、教養学部の門をくぐった。

数日後、初めてクラスの顔合わせがおこなわれた時、自治会の常任委員会から、早速オルグがやって来た。うす汚れたジャンバーを着た、不精髭だらけの男だった。食べるものも、ろくに食っていないにちがいない。頬がこけて、顎がとがって見えた。

「英・仏のスエズ侵略やハンガリー事件で緊迫した国際情勢下にあってぇ」

彼は、いきなり、こう切り出した。意外に朴訥《ぼくとつ》だった。田舎出の学生にちがいなかった。

米帝国主義者は、危険な原子力戦争準備を急速に推し進めつつあり、イギリスもこれに同調して、クリスマス島における水爆実験を強行しようとしている。岸内閣は、沖縄の永久基地化を肯定し、砂川基地を拡張して、日本をアジアにおける核戦争の前線基地にし、ソ連、中国など社会主義国に対する米帝国主義者の戦争準備に加担している。国内において、岸内閣は、国鉄運賃値上げなど大衆収奪を強め、国民の生活を不安におとしめている。

「こうした危機的情況下にあってぇ」。彼は一段と声を高めた。「昨年から平和運動や砂川基地拡張反対闘争、またぁ国鉄運賃値上げ反対闘争を軸にぃ、急速に盛り上がってきた学生運動の果たすべき役割はぁ、極めて大きいのである」

田舎からのポット出の私には、学生運動家のアジ演説は、初めての体験だった。難解で過激な用語も、初めて耳にするものだった。とうとうたる演説でなく、語尾を「あー」とか「うー」とか引きずって、どことなく地方なまりのある間延びした口調のために、私にはかえって親しみがあり、説得力があった。

脈絡もなく、数日前に別れた故郷の老父母の顔が浮かんだ。

上京する朝、年老いた母は、私に、汽車のなかで食べろよと、昼食の握り飯を渡しながら、

「頼むで、英穂やい、学生運動にだけは深入りしなんでくりょやな」

くどくどと説いたものだ。

「あい、あい」

生返事をしながら、私はふと、小学生のころのある夕方を想いだしていた。

あの頃は、しょっちゅう停電があり、また電圧が低く、ラジオには難儀した。

前夜、箪笥《たんす》の上の真空管三球のラジオの雑音がひどく、周波数を調整していると、突然雑音とともに聞き慣れない電波が飛び込んできた。

荘重な音楽に続いて、「日本のみなさま」とアナウンサーが呼びかけた。はるかシベリヤの彼方から送られてくるモスクワ放送の電波だった。波のように雑音が押し寄せ遠のく合間に、朝鮮戦争で三十六度線を越えて北上するアメリカ軍を激越に非難する内容であることが、小学生の私にも、かろうじて理解できた。

翌日の午後、家の前で竹馬乗りに興じながら、私は、おれ昨夜《ゆんべ》モスクワ放送聞いたぞ、と友達に自慢してみせた。へぇーと友達が感心するので調子にのって、掌をメガホンのようにして、「日本のみなさま」と大声でアナウンサーの口調まで真似してみせた。

夕方、家に帰ると、母が声をひそめて、私を叱った。

「英穂、モスクワ放送聞いたなんて、いい触らすもんじゃないよ」

誰が聞いていて、何いうか分からんからね。あの一家は、夜になるとモスクワ放送を聞いている、なんて思われたら大変だよ。それが母のいい分だった。

人の目を気にして、小さく小さく生きている。学生運動に深入りするなという願いは、そんな母ならではの心情だった。

これまでの半生を無名無言の大衆として地域に埋もれて生きてきた父母は、世界情勢がどうだろうが、大衆収奪がどうだろうが、息子の晴れがましい将来に一縷《る》の望みを託して、今日を生きている。そんな息子にアカにだけは染まってもらいたくない。そう願いながら、父は今頃、近所の主婦や子ども相手に定年後始めた小さな文具雑貨店の店先で、いつ来るかわからない客を待って、ハタキでもかけているだろう。母は、縁側にすえたみかん箱に向かって、一個糊付けして五銭の造花の内職に精出しているにちがいない。

そんな想いを振り払ってまわりを見回すと、クラスの大半は、そっぽを向き、教科書や文庫本を開いてそ知らぬ顔をしていた。明からさまに嫌悪感を示し、声高に咳払いする者もいた。

オルグの男は、学生の無関心や反発に先刻慣れているらしく、話を一方的に進めて行った。

「諸君はぁ、わが大学の学生自治会の一員となった。きたるべき四月、五月の闘争に向けてぇ、クラス、サークル、学寮での討論を積極的にまきおこしぃ、学友のエネルギーを自治会に結集していかねばならない。そのためにぃ、このクラスのなかから、自治会のクラス委員を選出してほしい」

オルグがそういい残して部屋を去ると、咳払いをして嫌悪感を示していた男が、鬱憤《うっぷん》ばらしをするように、全学連批判をぶち始めた。都立の名門校から入学したという、いかにも秀才然とした男だった。

大半の学生は、それにも無関心で、教科書や文庫本に目を落としていた。

クラス委員は、決まりそうもなかった。

「くじ引きで決めよう」

隣に座っていた男が提案した。

三浪してやっと入ったよ、しばらくは勝手に遊ぶんだと屈託なく話しかけてきた男だった。

「みんなお互いに初顔だから、決めようがないよねえ。とりあえずくじ引きで仮の委員を決めておいて、二、三ヶ月して、みな顔見知りになったところでさ、もう一度選び直したらどうだろう」

いい案だったが、だれも返事をしなかった。もしかしたら自分が貧乏くじを引き当てて、学生運動に引っ張りこまれるかも知れない。

「おれがやるよ」

業をにやして、私は手を挙げた。それで決まりだった。取り繕うように拍手がまばらに湧いた。

人が何かにのめり込むきっかけなんて、案外その場の衝動的な出来心からにちがいない。

しかし、なぜかこの瞬間を、私は秘かに予感していた気がしてならなかった。

製糸の職工、女工を振り出しに社会の底辺で物いわず、波風たてず、ただただくそ真面目に働き通してきた父母が、自ら自覚しなかった怨念のようなものが、私の血のなかに流れているのだ。

その予感を一度口走ったことがあった。

上京する数日前だった。市立図書館の書架の暗がりで、一緒に同人雑誌をやっていた高校の友人と出会った。同じ大学を受験したのだけれど、なぜか私より成績優秀な理系志望の彼が落ちた。

「おれは一年、図書館通いだ」

度の強い眼鏡の奥から私を見つめていった。解析Ⅱと物理をスコッタ（失敗した）から、浪人中は徹底的に鍛えるよ、と笑った。

「いつ東京へ行くだい」

「明後日《あさって》の朝だよ」

「大学では、何に情熱を燃やすだい。また水泳部へ入るかい。それとも同人雑誌でもやるだかい」

私が水泳部のキャップテンをやっていたことを、彼はおおげさに取り上げた。

「共産主義の勉強だよ」

そう答えた自分に、我ながらびっくりした。ちょうど目の前の書架に横並びしていたあまり読まれた風もないマルクスの分厚い書物のタイトルを目で追った。

「本気か」

「本気さ」

「『学生に貧富の差あり夕焼けて』って、あのテーマの究明かい」

彼は、校友誌に掲載された私の駄句の一つを覚えていて、からかい気味の口調になった。

私は書架から、難しそうなマルクスの書を一冊取り出して、彼に示した。

「あれは、情緒の世界だけど、今度は、ほれ、哲学の世界での究明さ」

「寺沼が哲学が好きだとは、思わなんだ。夏休みに帰省したら、研究の成果と学生運動の現状をたっぷり聞かせてくれよ」

「せいぜい期待して待ってろや」

つい一週間前に笑いながら交わした友人との会話がよみがえり、ついでに市立図書館の書架の黴《かび》臭さまで懐かしく鼻をついた。

私がクラス委員に決まると、座はあたふたと解散した。一番遅れて、私は席を立った。秘かに予感し、また友人に戯《ふざ》けて予言した境域へ、いま踏み込もうとしている。その世界が眼前にある。そう思うと、軽い目眩《めまい》のようなものを感じた。

クラス代表の自治委員会は、すぐに開かれた。

自治会の役員たちの言葉の乱舞に、私は圧倒された。

私と同じ新入生の委員のなかに、もう何年も学生運動のリーダーをやっているような顔をして、弁舌をふるう者もいた。それも、驚きだった。

それから足繁く街頭デモに参加するようになった。

田舎出の私には、何もかも、初めての体験だった。地下鉄、国電、東京駅、日比谷公園、野外音楽堂、霞が関、国会議事堂、アメリカ大使館。戦闘服に身を固めた機動隊の隊列。全都の各大学の自治会旗とプラカードの林立。全学連歌、闘争歌、シュプレッヒコール。そして激しいジグザグデモ。

全学連の遠山委員長が、眼鏡の奥からデモ隊を見渡し、長髪をかき上げかき上げ、激越なアジ演説をぶった。

いまわれわれ学生は、権力の横暴な弾圧にさらされながら、身体を張って、世界史を築く闘争の最前列に立っているのだ。

さあ、前進だ。

演説の最後に拳を握って彼がそう締め括ると、地鳴りのように歓声が上がり、デモ隊が動きだした。

デモ隊のなかに、高校の同窓生やクラスの仲間を見いだすことはできなかった。顔見知りといえば、私が入居しているM寮の少数の友人だけだった。

デモ隊が流れ解散する時、必ず目を惹いた一団があった。緑の旗を囲んで、一団は、小さな輪をつくった。旗には、「K町セツルメント」と、朱色の文字が縫いつけてあった。輪の真ん中で、旗が振られ、一団はスクラムを組んで、学連歌を歌った。あちこちの大学からそのサークルに仲間が結集しているらしく、輪は次第に大きくなった。女子学生も交じっていた。彼等の集団に悲壮感はまったくなく、輪の中心から陽気な笑いが拡散した。四月の都心にまるでハイキングに来ているような明るさだった。私は遠くから、羨望を抱きながら、その輪を眺めていた。

五月の連休が明けると、自治会は急に騒々しくなった。登校する学生に、毎朝、五・一七ストを呼びかける分厚いビラの束が渡された。並木道の掲示板に、アッピールが貼りだされ、学寮の前の広場では、自治会の役員が、ひっきりなしにアジ演説をぶった。演説の合間に、音感合唱団の学生がアコーディオンを担いで登壇し、闘争歌やロシア民謡などを歌って景気をつけた。

その頃から、デモのなかに、同じ新入生の常連を何人か見かけるようになった。彼等は、みな、自信に満ちた顔つきをしていた。一年も前から学生運動に従事してきたような雰囲気を漂わせて、デモの先頭に立った。自治委員会の席上では、盛んに手を挙げ、とうとうと意見を述べた。

意義ナーシ！

ナンセンス！

時には、激しい野次をとばして、自らの態度を表明した。

私は、気後れを感じ、いつも距離を隔てて、彼等を眺めていた。

常連のなかに、四、五人の女子学生がいた。そのなかの一人が、彼女であった。簡素にカールして整えた短めな髪の下で、双の眼差しが印象的だった。瞳は、彼女の内面のひたむきさや意思の確かさ、ときにはこれから始まろうとする未知への好奇心を放射して輝いていた。いつも教科書類を容れて身から離したことのない四角い革のカバンは、学問への情熱を顕していた。女子学生のなかで、自然に彼女はリーダー格であった。

その日、大教室は、いっぱいだった。

一週間ほど前、新進の経済学のT教授から、ケネーの経済表について、講義を受けた教室だった。富はどこから産み出されるのか、生産からか流通からか。はたまた土地からなのか。その学説史をT教授はたんたんと語った。大学に入って初めての本格的な講義だったが、難解な専門用語を列ねた一方的な講義に、私は戸惑うばかりだった。

教授がマイクで講義をおこなった壇上には、いま、「クリスマス島水爆実験阻止」「米英は原水爆禁止協定を即時締結せよ」「沖縄の永久原水爆基地化反対」「砂川基地拡張反対」「五・一七をストライキで闘おう」などのスローガンを殴り書きした模造紙が垂れ下っていた。

自治会の代議員大会が開かれていた。常任委員会から一九五七年五月一七日の「原子力戦争準備反対全日本学生総決起行動デー」を全学のストライキで闘おうという提案がされ、激論の最中だった。

討論は、スト決行論が圧倒していた。たまに勇敢に反対論が述べられると、それに倍する反撃と野次が振り下ろされた。高校時代の生徒会総会とまるで違う喧嘩腰の激論が、延々と続けられた。

これが学生運動だ。

これが全学連の討論なのだ。

そう実感しつつ、断固ストライキで起ち上ろうと叫ぶアジ演説に、私は興奮していた。

採決の時が近づいた。両論の差は、埋まりそうになかった。発言こそスト決行論が圧倒していたが、場内の拍手はむしろ反対の発言を支持していた。採決の結果はどうなるか分からなかった。

壇上の役員の動きが慌ただしくなった。数人の役員が、壇の上と下を行き来し、委員長や書記長に耳打ちをした。

金川委員長が発言を求めて、立ち上った。

「常任委員会はストライキの方針を撤回する」

突然の提案だった。会場は一瞬静まり、そして拍手と怒号が弾けた。

落ち着いて聞け、という風に、委員長は腕を広げた。

「かつてなく原子力戦争の危機が深まりつつあるという情勢認識において、またこの危機に対して、我々学生は、断固として反対の意思を表示し、できうる限りの行動に訴えなければならない点において、代議員大会の意見は一致した」

意義ナーシ！　場内のあちこちから、野次がとんだ。

「常任委員会は、この一致という事実に基づき、行動における団結を大事にしたい。よって全学ストの方針は取り下げ、学友の自主的な授業辞退をもって、五・一七を闘うことを提案する」

意義ナーシ！　ナンセンス！　騒然となった代議員席に向かって、議長が何か叫んだが聞こえなかった。それで、代議員大会は、解散だった。

物理的ピケによって学生の登校を阻むのでなく、個人の自由意思で授業を辞退しようというのだから、採決もなにもなかった。

あれほど強行にスト決行を叫び続けてきた常任委員たちが、最終段階で、いとも簡単に方針を撤回したのは、不思議でならなかった。多分、私のような一クラス委員がうかがい知れぬ舞台裏で、ぎりぎりの議論と決断が――いや策術や取引が、渦巻いた結果にちがいなかった。

数日後だった。M寮の夜の洗濯場で、金川委員長に会った。大学へ小一時間かかるM市郊外に寮はあった。周囲は、信じられないほど広々とした麦畑だった。金川委員長はM寮の住人と知ってはいたが、入寮以来見かけたことはなかった。多分、学内に泊りこんでいて、M寮に帰ることはなかったのだろう。

真夜中に金タライで下着を洗っていると、隣の蛇口にきて洗濯を始めたのが、金川委員長だった。自治会委員長が深夜に幾枚ものパンツを手洗いで洗濯している光景は、おかしかった。

「あっ、金川さん」

そういって、先日の疑問をぶっつけた。

「あれほどスト決行の決意を固めていたのに、急に戦術ダウンしたのは、どういうわけですか」

ついつい詰問調になった。

「ストライキで起ち上っていたら、僕のここがとんでいたかもしれないよ」

金川は、苦笑いしながら、手刀で自分の首を切ってみせた。

「処分もありうる、しかし断固ストライキで起つ、といっていたではないですか」

「これから闘いが盛り上がろうとする時に、活動家の処分は打撃だよ」

それから彼は、声をひそめて、耳打ちをするように続けた。

「君は気づかなかっただろうが、ほら、あのY教授があの場にいたんだよ」

「Y教授?」

「そうさ、独文のY先生さ。というよりも、わだつみ会のY先生、『大学の青春』の著者といった方が適切かな。われわれの運動に対する最高の理解者、そして支持者だよ」

ドイツ文学と反戦活動の両面で、Y先生の高名は、私も高校時代から聞いていた。

「で、Y先生がどうしたんですか」

「自主的授業辞退というのは、教授の発案さ」

「学生自治会が、Y先生の指導に従ったんですか」

「そうじゃないさ。学生運動は、去年の砂川闘争で劇的に復活したんだ。『反戦』は、多くの学友を巻き込みつつあるんだ。しかし、まだ彼等は、全学ストには従《つ》いて来ない。ピケを張って彼等の登校を阻止すれば、折角の反戦意識をしぼませ、彼等を傍観者に追いやりかねない。我々は孤立して、大学当局の不当処分に道を開く危険性もある。自主的授業辞退は、それを一挙に解決する妙案だよ。僕等は、自主的にその案を選択したんだ」

「へえー、自治会活動にも、いろいろ裏話があるんですね」

半ば感心し、しかし半ば納得できない思いを胸に閉じこめて、濯ぎが終わった私は、金川との会話を打ち切った。

洗濯物を乾しながら、金川が秘密めかして告げた「舞台裏」を反芻《はんすう》した。今は、復活した学生運動が、やがて訪れるであろう激動の闘いへ向かって、学生の怒りとエネルギーを総結集する準備の時期だ。学生運動を一部の活動家だけのものにし、多数の学生を時代の傍観者に追いやってはならない。学徒動員の時代を体験し、また戦後、学生運動を見つめ続け、多くの活動家と親しく接して来たY教授の現実的感覚が、生半可な自治会のリーダーたちの戦術的判断を上回っていた、といえないだろうか。

そして結果的には、この戦術後退が、多くの学生を結集させる力となった。日比谷公園の野外音楽堂にも、霞が関のビル街でのデモ行進にも、全都の大学からこれほどの学生の参加は初めてだった。

イギリス大使館の門前を固める機動隊は、なにも手出しができなかった。ジグザグ行進の渦のなかで、各大学の学連旗やプラカードが、大使館に向かって突き上げられ、激しく揺れ動いた。

流れ解散後には、恒例のように、K町セツルメントの小さな旗を囲んで、輪ができた。スクラムを組んで、学連歌や闘争歌がくりかえし歌われた。私はいつの間にか、輪のなかにいた。スクラムを組んだ腕を通して、両脇の学生の感激が伝わってきた。

翌日、私は、ちゅうちょなく、K町セツルメントの部屋の扉をたたいた。

その日から、私は、急に忙しくなった。仲間のセツラーたちと、毎日、貧民たちが肩を寄せ合って生きるK町に通い、子ども会など地域活動にとりくんだ。デモがあれば、セツルメントの旗をもって、必ず参加した。日銭の入るアルバイトを探して、なにがしかの金も稼がなければならなかった。

大学の授業が、結局は犠牲になった。講義、つまり名立たる教授による一方的な一般教養の押し売りは、無味乾燥でつまらなかった。それは、単位を取るために耐えるべき忍従だったのかもしれない。いや、「学問とは何か」を知るための最初の忍従にちがいない。しかし、私は、その忍従を簡単に放棄し、目の前の忙しさにのめり込んで行った。

六月の下旬、東京はむしむしした梅雨の季節となっていた。

その頃、私は昼間、ある証券会社でアルバイトをしていた。投資者に送る書類を封筒に収め、宛名を書く簡単なバイトだった。家庭教師のアルバイトが一番実入りが良かったが、学生部の掲示板に貼られた求人広告には、応募者が殺到し、なかなかその口にありつけなかった。証券会社のビルの一室で一日仕事をすると、三百円になった。それは私の二日分の食費を、十分に賄った。顧客のなかに、時折有名人を見つけるのが、気晴らしになった。

バイトを終わって、夕方、セツルメントの部屋を覗いた。五、六人のセツラーが、なじみの旗を担いで、出かけようとするところだった。

「寺沼君、いいところへ来たなあ」

旗を持った仲間が呼び止めた。

「どうしたんだ。デモに出かけるのかい」

「昼間、アメリカ大使館へデモをかけた学友が五名、不当逮捕された。デモ隊は、いま、警視庁に座り込んで、抗議行動を展開している。僕らも、これから出かけるんだ」

アメリカ帝国主義者は、いよいよ牙をむいて攻撃を仕掛けて来た。アイク・岸会談の共同声明で明らかな通り、日米政府は、沖縄の永久原水爆基地化を企《もくろ》んでいる。これに反対する闘いの先頭に立っている全学連に、彼等は狂暴に弾圧を加えて来たんだ。我々は、この弾圧を断固はねかえし、不当に逮捕された学友を敵の手から取り返すんだ。

彼の口調は、次第にアジ演説になった。

「おれ、これからK町へ行かなきゃならないんだ。中学生の勉強会があるんだ。終わったら、すぐに駆けつけるよ」

そう返答して、地元へ急いだ。

三人の中学生に数学を教え終えて、都電を乗り継いで、警視庁に馳せ参じた。玄関脇の歩道に座り込んだおよそ百人ほどの学生を、機動隊がびっしり取り囲んでいた。闇のなかに、その一点だけがサーチライトに照らされて、明るかった。

意外に簡単に、機動隊の人垣をすり抜けることができた。セツラーの仲間を探して、わずかな隙間に座り込んだ。

改めて見回すと、まるで乱闘服の壁であった。機動隊の屈強な男たちが、ヘルメットと頑丈な革長靴に身を固めて、壁を作っていた。その向こうに、レンガ色の警視庁の外壁が夜空へと屹立《きつりつ》していた。時折、小雨が、街路樹の梢から降りかかった。

警視庁の玄関が、騒々しくなった。警視庁の幹部に抗議と交渉に行っていた全学連の遠山委員長が出て来るところだった。機動隊に阻止されて、進むことができなかった。

ポリ公かえれ！　ポリ公かえれ！

座り込んだ学生のなかから、自然発生的にシュプレッヒコールが沸き上がった。

学友かえせ！　学友かえせ！

学生の叫びと装甲車のスピーカーの音声がぶつかり入り混じって、警視庁の壁を夜空へ蒸発した。

ようやくデモ隊に戻り着いた遠山委員長が、例のかん高い声で、アジ演説を始めた。

「沖縄の永久原水爆基地化をもくろむアメリカ帝国主義者と岸反動内閣に対し、日本の平和運動は、力で対決する時を迎えた」

濡れた長髪をかき上げかき上げ、眼鏡の奥からデモ隊と機動隊を半々に凝視しながら、委員長の雄弁は続いた。

「学友の不当逮捕は、反戦平和運動の最前線で闘う全学連に対する戦争勢力の露骨な挑戦である。我々は、断固、この政治的弾圧に抗議し、いまこうして、敵権力の中枢である霞が関の一角を占拠しつつある。学生運動の昂揚に驚嘆した警視庁幹部は、恐れをなして面談を拒否した。我々は、さらに座込みを続行し、実力によって、学友を警視庁の牢獄から奪還しなければならない」

委員長の拳が夜空に向かって高らかに振り上げられ、同意する学生の叫びが、警視庁の壁を夜空へ突き抜けた。

遠山委員長は、すぐれたアジテーターだった。一見学者風の容貌から、激烈なことばが次々に吐き出されると、ほんとうに警視庁の玄関から突入し、学友を奪い返さなければならない気分になった。

余談だが、二十年後、この輝ける全学連の委員長は、大学教授となって、一時、はなばなしくテレビや論壇に登場した。「未来学者」として、「教育改革」論者として。

彼は、戦後総決算を唱えるタカ派の宰相に重用された。行革と軍備拡張を強行するブレーンの一人だった。能弁な首相とウマが合ったのか。眼鏡をかけた長髪の学者風の顔貌に、一八〇度の思想変換を遂げた苦悩は感じられなかった。軽やかな弁舌だけは、昔のままだった。

遠山委員長のアジテーションが終わると、興奮した座込みの学生たちは、またひとしきり、シュプレッヒコールを叫んだ。

雨が少し激しくなった。どういうわけか、数張りのテントが持ち込まれて、設営された。私たちは、肩を抱き合うようにして、テントの下に雨を避けた。機動隊員たちは、雨のなかに立ち尽くしたままだ。ヘルメットが雨に濡れて、異様な光を放った。

気がつくと、私の隣に彼女が座っていた。テントに雨を避けた時、隣り合ったにちがいない。セツラーたちの雑談のなかに、彼女も遠慮がちに入り込んでいた。セツルメントの地元での活動を興味深げに聴いている様子だった。「歴研」サークルに所属して歴史を動かす原理の研究に関心を寄せる彼女に、汗を流して貧民の子どもたちと遊び戯れるセツルメント活動は、異なった世界の情景に見えたことだろう。

闘いの中に嵐の中に

若者の魂はきたえられる

テントの中程から、歌声が沸き上がった。多分その辺に座り込んでいる音感合唱団の誰かがつぶやき始めたらしかった。

闘いの中に嵐の中に

若者の心は美しくなってゆく

小雨に濡れながら、屈強な機動隊員に包囲されながら、警視庁の玄関脇の歩道に座り込む夜更けに、この沈鬱な歌は、心を揺さぶらずにはおかなった。歌声は、静かに闇のなかに拡がった。

吹けよ北風吹雪

その中を僕らはかけて行こう

そうだ、この反動の北風、支配階級・戦争勢力の暴虐の吹雪に抗して、我々は闘い、弾圧され、座り込んでいるのだ。歌声は、じんじんと私の心に響いた。座ったまま隣同志、仲間たちは、肩を組み合った。

くちびるにほほえみをもって

僕らはかけて行こう

沈鬱なメロデーは、突然闘いの決意をこめた明るい調子に反転する。

あすは必ず僕ら若者に

勝利のうたがうたえるように
　行こう皆行こう
もう一度、決意をこめて、繰り返しだ。
　あすは必ず僕ら若者に
　勝利のうたがうたえるように
　　行こう皆行こう

「メーデー事件で虐殺された青年の胸の内ポケットに、この歌詞は、ひそかにしまわれていたというわ」

　隣から、彼女が話かけて来た。

「多分、伝説だろうけれど」

　答えるかわりに、私は、彼女の肩に回した腕に力を入れた。やわらかく、温かい肩から、不屈の闘いへの共感の波が、私の身の内に伝わって来た。

　七月上旬、セツルメント活動の合間をみて、私は、米軍の砂川基地拡張に反対する農民の闘いの支援に出かけた。

　はてなく広がる武蔵野　西に果てる所
三百五十年の間　祖父たちの育て上げた村

けやき並木の連なる五日市街道の果てに、祖父たちが鍬を入れ水を引いて切り拓いてきた豊穣の農地があった。その農民の大地が、蹂躙《じゅうりん》されようとしている。

急な動員で、参加の学生は、いつも顔を合わせる常連だけだった。彼女も、そのなかにいた。

闘いは昨年から続いていた。農民の土地を強制収容するため、東京調達庁は測量強行の挙に出ようとしていた。農民と支援の労組員、学生は、測量予定地に座り込んだ。

なんという広がり。

なんという空間の暴力。

茨の刺をもった鉄線で厳重に防御された内側に、目も眩《くら》むほど広大な飛行場が横たわっていた。

離着陸する戦闘機の巨大な爆音は、耳を圧し言葉を奪った。鉄線の内側を守る機動隊の背後に、武装したＡＰの姿が散見できた。

これは映画の一場面ではない。首都東京の一角の、まぎれもない現実なのだ。この光景は、信州の田舎町から出て来て間もない私には、なにもかも、衝撃だった。

アメリカ帝国主義――言葉では認識していたが、その実体が、私の眼前に展開していた。アメリカ帝国主義は、金と軍事力によって世界を支配する体制だ。砂川は、日本を、アジア諸国を、ソ中朝など社会主義国をこの圧倒的な武力によって恫喝《どうかつ》し、支配するための前線基地なのだ。

名も知らぬ巨大な軍機が、座り込むデモ隊の頭上すれすれの高さを低空飛行して、威圧した。これは戦争だ。思わず地に伏しながら、私は拳を握り締めていた。

戦闘機が一機、滑走路の端に来て、デモ隊に尻を向けた。と見るや、ジェットエンジンを噴射した。轟音と爆風が襲った。学連旗を結んだ竹竿が弓のようにしなり、堪え切れずに折れた。


土地に杭は打たれても、心に杭は打たれない！


昨年、機動隊に守られて調達庁が強行した拡張予定農地への杭打ちに、砂川の農民はそう叫んで闘った。

機動隊と測量隊に対峙して、農民が歌ったのは、「赤とんぼ」だった。武蔵野の田園風景には、「赤とんぼ」がふさわしい。先祖代々えいえいと耕して来た農地には、農民の血と汗、貧しさと忍耐がしみ込んでいる。「赤とんぼ」は、五日市街道の両脇に拓けた豊穣な土の忍苦の歴史を歌っている。貧農の次三男も混じっているであろう機動隊員たちを、一瞬たじろがせる歌だ。その土地を、アメリカの世界戦争のために、取られてなるものか。

地元反対同盟の農民・青木市五郎行動隊長の決意表明を、胸にこみあげて来る感動を押さえながら、私は聞いた。

ふと気がつくと、数人横に座り込んだ彼女が、幼女のように土遊びをしていた。両掌をひろげて地面を撫ぜ、畑土を集めて盛り上げている。土を握っては撒き、握っては撒き、また積み上げては、土の感触を愛しみ慈しんでいるのだ。

この無心な土遊びが、彼女の感動と連帯、怒りと闘いの自己表現なのだ。そう思いながら、私は、彼女のしなやかな両掌の遊びに見とれていた。

デモ隊は起ち上がった。彼女は足元に盛り上げた土の山を踏んで、決然とスクラムを組んだ。鉄線の内側で、測量が始まろうとしていた。鉄条網が倒された。デモ隊は、基地のなかに数歩、足を踏み入れ、抗議の叫びを上げた。

二ヶ月後、この闘争の先頭に立った労働組合、全学連のリーダー二十三人が逮捕され、そして七人が起訴された。

一九五九年三月、あの有名な「伊達判決」が出された。判決は、日本政府が米軍の駐留を許容したのは、憲法九条によって禁止される戦力の保持にあたり違憲として、全員無罪とした。米国の圧力と日米密約により、検察は高裁を飛び越えて最高裁に跳躍上告した。最高裁は、伊達判決を破棄し、のちに有罪が確定した。


最初の夏休みが来た。私は帰省もせず、毎日々々K町に通い続けた。

夏休みが終わって間もなくの午後、自治会のリーダーの一人が、私を人気のないキャンパスのベンチに誘った。

「君を党員候補に推薦したよ」

いきなり彼は、そう切り出した。

「えっ?」

いわれたことが飲み込めなくて、聞き返した。

「我々は、君の行動を注意深く見守っていた。理論的に君はまだ未熟だけれど、行動力は充分に評価できる。日本の革命を担う階級的前衛政党の同志として、君をわが大学の学生細胞に迎え入れたい」

日本共産党への入党の誘いだと分かって、一瞬、胸から背中へ稲妻が走った。いつか、党が私の前に現われて、私をその一員に導く時が来ると、予感はしていた。それが今だ、とは思わなかった。私にはまだ、学び、高め、確信を固めていかねばならない課題が山ほどあった。小林多喜二の時代と違うにしろ、党が権力の監視と弾圧にさらされていることに変わりはなかった。その党の一員として生き、闘いぬいて行くには、私はまだ未成熟だった。

君の理論的水準は低いが、行動力を買うよ、と彼が言明したのは正当だった。デモに欠かさず参加する行動力が認められたのか。夏休みの帰省もしないで、地元に通い続けたセツルメント活動が評価されたのか。しかし、行動と理論の間の大きな落差を、自ら私は認識していた。マルクス、レーニン、毛澤東の書物を、私は、ようやく噛り始めたところだった。

セツラーたちが読書会のテキストに用いていた『フォイエルバッハ論』『空想から科学へ』

『実践論・矛盾論』などの文献は、私には難解だった。読書会の議論に、私は、なかなか溶けこめなかった。社研や歴研の連中が論じていたハンガリー事件やスターリン批判の問題は、一層難解だった。実践力はともかく理論面では入党の資格はなかった。

即答を避け、私は、勧誘者の目から逃れ続けた。誘いは、しかし、執拗だった。

思い余って、私は、K町の地元に住む有田さんを訪ねることにした。有田さんは、レッドパージで国鉄を馘首された労働者だった。今は、得意のガリ版の筆耕で細々と生計をたてている。奥さんは、毎日、ニコヨンと呼ばれた失対労働者として働いていた。小学校五年生を筆頭に男の子が三人いて、みな子ども会の常連だった。居住の党員として、K町では、有田さんを知らぬ人はいなかった。生活相談所のようなことをやっていて、地域では一目も二目も置かれた存在だった。セツルメント活動の心強い支持者だった。

子ども会が終わった夕方、私は、三人兄弟と連れ立って、兵舎を改修した巨大な木造バラックの二階の一角に有田さんを訪ねた。

暗く湿った廊下から粗末な板戸を開けて中に入ると、有田さんは、窓際の座机に向かって、ガリ切りの最中だった。

「父ちゃん、寺沼の兄ちゃん連れて来たよ。父ちゃんに話があるんだって」

小五の長男が、威張った口調で、父親を呼んだ。

有田さんは、筆耕の手を休めて、私を招き入れた。

六畳二間だけの住居には、勝手も便所もない。それらはみな、外に共同で設置されていた。下の男の子が二人、私を取りっこして、背中にしがみついて来る。有田さんが注意しても、効き目がない。背中と膝を二人の自由にまかせながら、「私の迷い」を有田さんに語った。

話し終えると、有田さんが、手を叩いた。

「めでたい、めでたい」

それから、諭すような口調になった。

「日本の労働者階級に、寺沼君が求められているって考えりゃいいんだよ。君の現在の力量がじゃないんだよ。君の誠実さと可能性がだよ」

「そうかなあ、だけど、おれなんか……」

「理論も実践も完璧な党員なんて、いないんだよ。大事なのは、勉強さ。学ぶことなんだ。闘いつつ学ぶ。党活動をしながら、しっかり勉強すればいいんだよ」

「有田さんのいう勉強って、なんですか」

「大学の勉強を積み重ねればいいのとは違う。マルクス、エンゲルスを完読すればいいのとも違う。根元が大切さ。民衆に学ぶ、K町の住民から学ぶ。それが根元さ。ほら、ゴーリキーだっけ、『私の大学』というのを書いたのは。K町が君の『私の大学』さ。ここに足場を構えて実践すれば、いろいろのことが見えて来る。それを、党活動や君の学問に生かして行けばいいんだよ」

「そういわれれば、気持ちが楽になるんだけれど」

「今まで何人も若いセツラーを見て来たけれど、君のように、夏休みも一日も休まずに通って来たセツラーは、そういなかったよ。君は、きっと、すばらしい党員になるよ」

それで決まりだった。

「めでたい、めでたい」

有田さんは、両手を私の肩に置いて、笑った。私は、有田さんに、深々と頭を下げた。

「乾杯だ」

部屋の隅から一升ビンを抱えて来て、有田さんは、二つの湯吞み茶わんに、なみなみと酒を注いだ。

三人の男の子たちも、やかんから湯冷ましを汲んで来た。

「乾杯」

「かんぱーい」

五人の湯吞みがぶっつかり合い、冷や酒が気持ち良く、喉を下った。

脳裏に、ふと、郷里の父親の顔が浮かんだ。有田さんの和やかな顔と重なった。信州の片田舎の貧農の小倅に生まれ、製糸の職工を振り出しに、和菓子職人や疎開工場の倉庫番など、ただただ下積みで働き通して来た父。世を恨むことも、不平を言い立てることも、もちろん闘うことなどひたすら自制して生きて来た父。

その老いてくたびれた父の顔が、なぜか有田さんの顔、温和だが強い闘志をにじませた有田さんの顔の輪郭と重なるのだった。そういえば有田さんは、越後平野の小作農の三男だったと、聞いたことがあった。

「今日から君は、日本のプロレタリアートの息子だ」

有田さんが、鉄筆でたこのできた指を延ばして、私の掌を握った。

「そいじゃあ、有田さんは、日本のプロレタリアートのおやじさんだ」

照れ笑いをしながら、握り返した。

九月中旬、私を含めて数名の新入党員候補は、教養学部細胞の総会において、盛大な拍手で迎えられた。私は、故郷の信濃の国をもじって、「島野」とペンネームをつけた。

「六全協」を経、「五〇年問題」の総括の上に立って体勢を確立した党は、第七回党大に向けて、アメリカ帝国主義とそれに従属する日本独占資本の二つの敵を打倒する反帝反独占の「人民民主主義革命」(国の完全独立、民主主義の徹底、売国的反動的独占資本の支配の排除をおもな任務とする)をうたった「党章草案」を発表した。

私たちの入党は、まさにそういう時期であった。全党の討議が呼びかけられ、それに応えてその日の細胞会議(S・K)が召集されたのだった。

同志平岡が指導部(L・C)を代表して、L・Cの見解を述べた。それは、ことごとに、「草案」の内容を批判するものであった。

日本資本主義は完全復活を果たし、国家独占資本主義段階に到達している。その政治的代弁者である岸内閣は、日本帝国主義の道をひた走っている。日米両帝国主義の間には、対立と協力の関係、つまり世界市場争奪の対立と、社会主義国、アジア・アフリカ・ラテンアメリカ諸国、国際労働運動抑圧を目的とした核戦争準備のための協力という矛盾した関係が生じている。岸は日米安保条約改定を口にしているが、これは米日帝国主義の対立と協力に対応した新たな関係を構築しようとするものに他ならない。一方、社会主義体制は世界の三分の一の地域と人口に拡大し、政治・経済・文化の面で優位性を主張しつつある。国際資本主義体制は追いつめられようとしている。世界は、いまや「激動・革命・共産主義」の時代に突入した。その世界革命の一環として、来るべき日本の革命は、労働者階級の蜂起によって日本帝国主義を打倒する社会主義革命でなければならない。

平岡のいわんとするのは、こういうことらしかった。それは、「人民民主主義革命」をへて「社会主義革命」に到達するという「党章草案」とは決定的に異なる立場であった。彼は「党章」という用語も、ナンセンスと切って捨てた。

「社会主義革命をめざして、労働運動や平和擁護闘争などの大衆運動を果敢に闘わなければならない。しかし、労働組合や反戦組織は、革命勢力ではない。レーニンのいう通り、労働者階級の経済闘争は、自然発生的に革命闘争に成長するものではない。プロレタリアートの左傾化のためには、意図的な革命意識の注入が必要だ。ボルシェビキ党の存在意義は、この点にある。そうした党を建設するため、我々は、日本資本主義の現状分析と革命規定をめぐって、果敢に党内論争をおしすすめるものである」

口癖の「それでもって……」という用語が、彼の弁舌にリズムを与えた。早口で、一気にまくしたてて、長時間の発言をしめくくった。

私とたった一歳しか違わない彼の早熟ぶりには、ただ驚くばかりだった。背広が実にお似合いの都会風に洗練された容貌と身のこなしから、手振りも交えて爽やかな弁舌をあやつる平岡に、秀才という語がぴったりだった。だが、私には理解しがたかった。「プチブルの子息」をして、こうも革命的言説を語らしめる核心は何なのだろう。資本主義への体験的、心情的な憤りだろうか。冷徹な学問的興味だろうか。それとも大衆を動かすことへの野心だろうか。あるいは、青春を彩どる一時の知的遊戯なのだろうか。

部屋に紫煙が立ちこめていた。

「休憩だ。新鮮な空気に入れ替えろ」。誰かが叫んだ。

トイレから帰って、一服吹かしていると、隣席の学生が語りかけて来た。一級上の二年生で、社研のメンバーだった。デモでは、いつも一緒だった。

「同志平岡は、天才だよ。聞くところによると、一九三八年の早生れだというから、二浪の僕より三つも年下だ。高校時代に、エム・エル全集、レーニン全集を読破し、ダス・キャピタル（資本論）は英語本で読了したっていうんだ。彼の才能なら、高級官僚でも大学教授でも、なんにでもなれるだろう。だが平岡は、日本のレーニンをめざすというんだ。いま彼は、日本革命論を執筆中という評判だよ。『激動から革命　革命から社会主義へ』というタイトルでねえ。本が出版される時には、二十歳だよ、二十歳！」

日本のレーニンをめざしているんだ、と彼はもう一度強調した。そういえば、同志平岡というペンネームの名の方は、「麗人」といった。彼も髭を生やしたら、写真でみたレーニンの風貌と似て来るのだろうか。彼のイメージは、しかし、ブ・ナロード（人民のなかへ）と叫んだロシア革命初期のナロードニキに近かった。革命的人民の幻想が崩れると、ナロードニキは、容易に貴族階級に復帰し、またはテロリストに転じた。

休憩が終わって、討議が再開された。平岡の報告に対して、二、三名の者が反論を加えたが、それに倍する再反論にかき消された。平岡の報告は、圧倒的な支持を獲得していた。腕組みをし目を閉じ、頑《かたく》なに沈黙を守っている者もいた。

初めてこんな会議に出席した私には、平岡の論の成否を判断する能力に欠けていた。彼等が自由自在に操る革命的用語の定義や意味すら、充分に理解できなかった。学生党員の情熱と論争に煽《あお》られて、私自身昂揚していたが、同時にいくらかの違和感を感じながら、座の片隅で沈黙に陥っているしかなかった。

党の戦列に加わり、論争に参加している同学年生は十数名もいた。その時、彼女の姿は、まだこの場にはなかった。

ある日、L・Cのメンバーの一人が、私を呼んだ。

「同志牧村もいうように」

彼は、反戦同盟（AG）の有名なアジテーターである牧村の名とその著を挙げた。

「同志牧村もいうように、君等がやっているセツルメント活動は、一種の空想的社会主義、社会改良主義なんだよ。せっせと地元に通って地域活動をやっていれば社会が変わるなんていうのは、女学生的センチメンタリズムに過ぎないよ。理論に裏づけられない活動は、卑俗な経験主義以外のなにものでもない」

彼は、いきなり、セツルメント批判を連発した。

「だからといって、セツルメントがナンセンスと、僕はいうつもりはないよ」

セツルメント活動に革命的存在意義をもたせなければならない、と彼は続けた。つまり我々の革命運動、学生運動にとってセツルメント運動が意味を持つためには、まず第一にセツラーたちが学生運動を先頭にたって担う活動家に育つこと、第二に地域において意識的に革命的青年労働者を育てること、この二点だ。簡単にいうと、セツルメントサークルを学生運動活動家の供給地にすること、そしてセツルメントの地域拠点を学生運動と階級的労働運動の接点にすることだ。接点にするには、それなりの地域条件が必要だ。K町は、貧困世帯が多いとはいえ、その条件はない。組織労働者が居住する新たな拠点を、工場地帯に開拓することだ。

「ここまでいえば、分かるだろう」

彼は、私の顔を覗きこんで、ほとんどいい渡す調子でいった。

「君は、来るべき役員改選に際して、K町セツルメントの委員長になって、この二つの任務を遂行するんだ。セツルの他の同志じゃだめだ。君のように地元に通いつめたセツラーだからこそ、委員長に最適なんだ」

有田さんの顔を想いながら異論を挟もうとしたけれど、彼は、その隙を与えなかった。

「それだけではないよ」。彼は、話題を変えた。

君は、郊外のM寮から学内のK寮に住居を移すんだ。K寮を支配するものは、学生運動を制するというだろう。K寮をより強固な学生運動の拠点にするため、他の同志たちと協力して、寮内のオルグ活動を強化するんだ。これも君のような地方出身の同志じゃなければできないんだ。

「もうひとつ、やってほしいことがある」

彼の要求には、際限がないみたいだった。

わが党の機関紙「アカハタ」（ハタ）の学内配布をまかせたい。いや、これは直ぐでなくていいんだ。いま担当している同志が、来年から都学連の常任で出て行くんだ。その後を頼むよ。なあに、一時間半もあれば、サークル室、研究室、寮内を配り終えるよ。

「以上の三点、これは、党が君に与えた任務だよ」

私の返事も聞かずに、彼は背を向けた。行動力や馬力だけは認められているなあ。苦笑が込み上げたが、任務が与えられたことは嬉しかった。早速、実行に移した。

K寮への引っ越しをセツラーたちに相談すると、上級生の高森さんがあっさりと引き受けてくれた。

「おやじの車を借りよう。次の日曜日の朝、僕の家に来いよ」

こともなげに彼はいった。自家用車を持つ家もまれなのに、彼がその車を乗り回しているなんて、想像もできなかった。

私の荷物は、寝具と衣類、わずかな書籍と座机が一つだけであった。乗用車一台で充分だった。

日曜日の朝、高森さんの書いてくれた地図を頼りに、井の頭線の駅を降りた。十分ほど歩いた静かな住宅地に彼の家はあった。門の構えに気押されながら呼びりんを押した。

「わあ、寺沼君」

高森さんが人なつっこくにこにこ笑いながら、すぐに顔を出した。

半袖のカラーシャツを着こなして、ピカピカの車を陽気に運転する高森さんは、別世界の人間に見えた。K町に通って、貧民の子どもたちと泥まみれになって遊ぶ高森さんとは、別人のようだった。

窓から、東京の朝の風が気持よく流れこんで来た。ひとしきり雑談が済むと、高森さんは突然話題を変えた。

「君も、革命の道を歩み始めたようだね」

「ええ、まあ」

私は、あいまいに答えた。

日頃セツルメントの部室で、世界革命と労働者階級の解放を熱っぽく語る彼を、私は、なんとなく党員だと思い込んでいた。しかし、党に彼の姿はなかった。どうやら党と学生党員たちの議論から、一線を画した位置に彼はいるらしかった。その彼が、私の入党をうすうす知っている口振りだった。

「君は、マルクスの金言を知っているかい」

「金言？　さあ」

知らない、と率直に答えた。

「ある時、マルクスがねえ、愛娘に聞かれて、こう答えたんだ。『すべてを疑え』、それが私の金言だとね」

「すべて」とは、すべてなんだ。高森さんは、独り言をつぶやくように語り始めた。

ブルジョアジーの国家、経済、道徳、常識。商業紙（ブル新）の報道、論調。体制のすべてを疑うことから、真実の追求が始まるんだ。だが、「すべて」とは、そればかりではない。革命そのものを疑ってかからないと、革命の真実を見極められない。マルクスは、マルクスを疑えといっているんだよ。マルクスもエンゲルスも、レーニンもスターリンも、毛澤東もだよ。ロシア革命の歴史もソビェトの社会主義体制もだよ。

私は、マルクス、エンゲルス、レーニン、毛澤東理論を基盤にしロシア革命や中国革命に歴史の必然と法則を見出だしながら、日本の革命の道を探るのが、党員の勤めだと思っていた。

だが彼は、それを疑え、という。彼の言辞を理解できなくて、私は助手席で黙りこんだ。

「そうだ、君に一冊の本を貸してあげよう」

青信号を待ちながら、彼は、運転席のボックスをごそごそと探した。

「あった、あった。これだ、これだ。とても面白い本だよ」

アメリカのジャーナリストが、その現場にいて書いたロシア革命のルポルタージュだよ。十月大革命の数日間が、リアルタイムでなまなましく、しかし冷静に記録されている。レーニンは絶賛したんだ、この書こそロシア革命の真実を世界に告げる証言だとね。だが、この書は、なぜか、我々の目に触れることがなかった。なぜだと思う？　その答えは、君がこの本を読んで見つけてくれたまえ。マルクスの金言の意味もね。

高森さんは無造作に、本を私に渡した。飾り気のない白い表紙に、こう書いてあった。

『世界を震撼させた十日間』ジョン・リード

学内のK寮は、サークルや部単位に部屋を割り当てられていた。セツルメントサークルは二部屋を占有し、十名のセツラーが入寮していた。私は、その一員になった。同じ頃、K町セツルメントの秋の総会が開かれ、私は委員長に推された。仲間に異存はなかった。がむしゃらに地元に通う私の行動に、一目置いてくれたらしかった。

世界初の人工衛星がソ連から打ち上げられたという世紀のニュースが、新聞の一面をでかでかと飾った数日後、S・Kの席上で、同志平岡が興奮気味に報告を始めた。

「世界の人民は、数日前、歴史的な日を迎えた。人類の労働の成果が、地球の引力を克服し、ついに小さな人工の星を宇宙に送り届けたのである。これを成し遂げたのは、アメリカ帝国主義でなく、ソビエト社会主義である。プロレタリアートの科学が、ついにブルジョアジーの科学に勝利したのだ。スプートニクは、いま宇宙から、この瞬間にも、全世界の革命勢力に向けて、社会主義の労働と科学の勝利の宣言を、高らかに送り続けている」

そうだ！

異義なーし！

平岡の興奮が伝わって、誰かれとなく、同意の叫びを上げた。

「スプートニクは、一人の天才、一人の天才的科学者によって、打ち上げられたものではない。それは、社会主義労働の成果なのだ。社会主義の生産様式と労働組織が作り上げた果実なのだ」

それ故に、と彼は続けた。スプートニクは、社会主義経済の優越性を世界のプロレタリアートに、太陽のように明らかに指し示した。ソ連社会主義経済は、急速に成長しつつあり、「アメリカに追いつき追いこせ！」のスローガンは、すでに現実的なスケジュールになった。ソビエト経済の急速な成長グラフが、アメリカ経済の停滞的なグラフと交わる時点は、もはや十数年先に近づいている。社会主義は、その時、政治的にも経済的にも、世界の支配的な体制になるのだ。まさに、その故に、アメリカ帝国主義は、必死のアガキを始めるだろう。核戦争準備への狂奔は、その第一歩だ。帝国主義者どものなりふりかまわぬ意図を粉砕するため、われわれの戦列をさらに強化しなければならない。

同志平岡が、アメリカ経済と日本の経済についてさまざまな数値を駆使して説明すると、世界の資本主義体制は、すでに崩壊の過程に入ったものと思われて来た。激動、革命、共産主義の時代なのだと、気が高ぶった。

会議が終わったのは、深夜であった。

会場から出ると、興奮して上気した頬を、十月の夜気が気持ちよく冷やしてくれた。ビルの屋根に、星空がかぶさっていた。

「スプートニクを見つけよう！」

誰いうとなく、みんなで星空を見上げた。もとより、そんな光跡は、東京の夜空に肉眼で見分けられるわけがなかった。

十一月になると、学生運動は、一層激しさを増した。一一・一原水爆禁止国際統一行動は、ついに全学ストで闘われた。その昂揚に比例して、党は多くの一年生同志を迎え入れた。彼女も、そのうちの一人であった。二十歳の誕生日に、人生における最大の決断をした、と彼女は自己紹介した。偶然にも、彼女は、私と同じ班に属することとなった。

S・Kにおいて、彼女は無口だったが、班会議（H・K）においては、彼女はよく発言した。L・Cの同志たちの報告や指導を、よく消化しているようであった。発言に彼女の勉強ぶりがうかがえた。私などまだ読んだこともないマルクスやエンゲルスの著作の一節が、しばしば引用された。

同志平岡の博学で流暢な口調に多少反発を感じていた上に不勉強だった私は、H・Kの席でも寡黙を通した。

彼女とたまに、隣り合って座る時があった。討論の合間に、いくらか私語を交じわした。彼女の所属する歴研サークルの現状やセツルメント活動が話題の中心だった。K町セツルメントの数人の女子学生を友人に持つ彼女は、セツル活動に精通していた。

「学部はどこへ、進学するの」

突然、聞かれたことがあった。同じ文科Ⅱ類だったから、共通の関心事だった。

「さあ、まだ決めてないよ」

正直に私は答えた。

「君は？」

「歴史をやりたいな」

「西洋史？」

当然のことのように、私は聞いた。

歴研メンバーの彼女は、サークルのなかで「史論」と「中国革命史」の二つのグループに属し、ロシア革命とそのヨーロッパへの波及についてかなり深入りして研究していることを、私は知っていた。

「さあ――」

彼女は小首をかしげていい淀み、

「日本史にしようかしら」

「どうして？　世界の革命運動の歴史を知るには、西洋史だろう」

「日本の現状分析をするには、日本の近現代史よ。とかいっちゃって」。彼女は、あはは……と笑い、「ほんとは、私、語学が得意じゃないの」

「卒業したら、どうするんだい」

私は、追い打ちをかけた。

「院に進学しようかしら」

「大学院に進学して、研究者になるのかい」

「なれたらね。でも、子どもたちに教えることも好きだから、中学か高校の歴史の先生もいいな。それとも……」

「それとも？」

「どこか労働組合の専従書記で雇ってくれる所がないかしら。有能な書記になれると思うんだけれど」

「有能すぎて、労組の委員長がてこずるんじゃないか」

今度は、私が、あはは……と笑った。彼女は、真顔で、私を睨み返した。

歴史の教師と労組の書記は、彼女が少し無理をしていっているように感じられた。革命の成就には、実践も理論も両方必要だから、彼女のように学問好きで、情熱を理性でコントロールできるタイプには、理論を担う研究者が向いているように思えた。

それにしても、「院に進む」という発想は、私の選択肢にはなかった。私には、金も時間も、能力もなかった。田舎の老親をどう養うかが、私の選択肢の半分を占めていた。残りの半分は、漠然と、セツルメント活動のような地域実践の道だと考えていた。いずれにしろ、大学を卒業したら田舎に帰り、父母と生活を共にしながら、地域実践を「メシの種」とする人生しか、選択の途はなさそうだった。「院に進む」とさりげなく宣言する彼女には、こんな現世的な問題はないのだろうか。大学院を修了しても、研究者に採用され、学問でメシを食って行ける保証はなかった。そういえば、いつか彼女の父親は大学教授だと聞いたことがあった。メシよりも学問、カネよりもカネにならない研究——多分彼女の学問観は、家庭のなかで父親の背中を見ながら形成されたものにちがいなかった。

十一月下旬、去る一一・一原水爆禁止国際統一行動を全学ストで闘った教養学部学生自治会に、大学側から処分が下された。金川委員長を引き継いだ嘉藤委員長に、学部細則に違反したとして「無期停学」という処分が宣告された。不当処分撤回を求めて、キャンパス内のK寮前の広場に抗議のテントを張って、私たちは座りこんだ。

夜八時ごろK町のセツル活動から戻って、私も、二十人ほどの座りこみの仲間に加わった。テントの端の小さな場所に、身を割り込ませた。

座ってから隣を見ると、彼女が膝をかかえて座りこんでいた。

「お疲れさま」

そういって、彼女は身体をずらせて、私の空間を広げてくれた。

「こんな時間まで、K町で何をしていたの？」

興味ありげに聞いた。

「銭湯に行ってたのさ」

笑って私は、答えた。夕方、子ども会が終わった後、小学生の男の子三人と連れ立ってK町の銭湯に行った。子どもたちも私も、数日ぶりの風呂だった。普段帰りの遅い父親と銭湯など一緒に行ったことのない男の子たちは、私を父親がわりにして、きゃっきゃっと歓声を上げて背中の流しっこをした。あかすりで子どもの背中を擦ると、ぼろぼろと垢がこぼれ落ちた。つい長風呂になった。

「やさしいのねえ」

そう賞めてくれてから、でも、と彼女はいった。

「やさしさだけでは、革命はできないわ」

「やさしさがなければ、セツルメント活動はできないよ」

身体を彼女に向けて、私は答えた。

「やさしさから生まれるセツラーの行動力は、高く評価するわよ」。言葉を探しながら彼女は続けた。「地元の子どもたちと遊んだり、勉強をみてやったり、銭湯に行ったりして、子どもたちの何を解決しようとしているの？」

「K町は、貧しいんだ。大人たちは、ニコヨン労働に忙しいんだ。子どもたちは、放っておかれているんだ。もちろん、子どもの勉強なんかみてやれる親はいない。そういう子どもたちのところへ通う意味と意義は、大きいと思うんだ」

「自己満足でなければ、ね」

「マスターベーションじゃないよ」。私は、少しむきになった。「地元に行くと、セツラーを待ちわびた子どもたちが、大声を上げてとびついて来る。セツラーは、子どもたちに求められているんだ」

「確かに、ね。でも、それって、体のいい遊び相手、無料の家庭教師としてじゃないのかしら」

「現象的には、そう見えるかもしれない。しかし、地域における子ども集団とか、遊びとか、文化とか、そういうものをおれたちは大事に考えているんだ。地域のなかで子どもが育つことに、セツラーは関わって行きたいんだよ」

「地域で、どういう子どもを育てたいの？　ピオネール？　つまり革命的少年団の結成をめざすのかしら」

「それは少し飛躍じゃないか。じゃあ聞くが、君はいつか、中学か高校の歴史の教師になりたいっていったね。世界の革命史をたたきこんで、将来のプロレタリア戦士を育てるのが、君の教育目標なのかなあ」

「わたしの聞きたいのは」。彼女の口調がきりっと厳しくなった。「どんな子ども像、どんな子どもの変革観をもって、地域の子ども会活動にとりくんでいるかっていうことよ。子ども会だけじゃないわ。セツラーの皆さんは、地域をどうしようと思ってセットルしているの。K町という地域をどう分析するのか、K町の民衆の貧困をどう把握するのか、現代日本の資本主義機構のなかにK町の現実をどう位置づけるのか、日本の階級闘争のなかでK町の民衆はどんな役割を果たすのか。その問題をきちんと理論化しながら地域活動にとりくんでいるのかしら。そうした議論や確認を、セツラーたちはしているのかしら。そうでなければ、あなた方の活動は、自己満足的な経験主義、つまり経験を積み重ねれば何かが生まれるという非科学的な楽天主義だわ。理論のない実践は、不毛だわよ」

「……」

一瞬私は、口ごもった。

セツラーたちの間で、もちろん理論化の討論はおこなわれていた。ときに激しく、そして厳しく。組織労働者の居住地域にセットルしようという「地域転換論」なども、その討論の柱の一つだった。私自身はK町に深く足をつっこみながら、地域転換論を強く主張していた。その提唱は、私がL・Cから与えられた任務の一つだった。しかし、セツルメント活動は革命の一環ではない、と主張する強固な意見もあった。経験主義でいいではないか、学生が地域へ出かけて民衆と交わる、多くの学生がその機会をもてる、そうした経験や機会に遭遇することこそセツルメントの最大の存在意義ではないか。セツルメントは、主義主張を異にする多様な学生に開かれたゆるやかなサークルでいいではないか。この主張にも、かなりの説得力があった。地域転換論とK町継続論とがぶつかりあって、五号館のサークル室で真夜中まで激論を闘わすこともしばしばあった。だから彼女から、セツラーには理論がない、理論構築の議論がない、というふうに見られるのは、心外だった。

「君の意見を聞けば、まず理論、しかる後に実践、というふうに聞こえるけれど、では理論というものは、どのように創り上げるのだろうか。実践を通じて変革すべき対象に働きかけながら理論は構築されるものじゃないかな。その理論はまた実践に返され、検証されるんだ。

つまり、われわれセツラーが地元に通い、そこで活動してこそ、地域の現実、底辺の労働者のくらしや感情を掴むことができ、K町の地域変革の理論を創造できるんだよ。歴研の研究活動が、机上の理論、理論のための理論に終わらなければいいがね」

反論になっていたか、自信がなかった。毛澤東の『実践論・矛盾論』の硬直な理解に基づく受け売りだった。感情が昂ぶって、ケンカを売るような言葉をわざと吐いた。

「そうかしら。理論って、そんな甘いものかしら」。すぐに反論が返って来た。

「あなたは、理論なんて行動の指針ぐらいにしか思っていないんじゃないの。机上の理論は、絶対に必要だわ。資本論だって、大英博物館から生まれたのだわ。マルクスが大英博物館の図書館に通って膨大な資料を読みあさり、分析し、批判的に摂取し、組立てなおす机上の作業をしなかったら、資本論なんて生まれなかったわ。彼の机上の、書斎の、研究活動がなかったら、マルキシズムの壮大な理論体系を私たちは獲得することはできなかったのよ。実践家でない理論家って、絶対に必要よ」

「それは一面的なマルクス像だよ」

私は読みかじった知識で、資本主義の勃興期、前世紀の中期から後半における労働運動、革命運動の黎明期におけるマルクスの実践活動を指摘した。この活動のなかで、革命家仲間の論争のなかで、マルクスの批判精神や問題意識、資料を読み解く基本的な視点が醸成されたのではないか。それがなかったら、社会変革の理論であるマルクス主義などありえない。

私は、追い打ちをかけるように、レーニン、毛澤東、野呂栄太郎の名前まで挙げた。彼等は、いうまでもなく、理論家であるとともに優れた実践家だった。

「彼等は、理論家と革命家の両面を兼ね備えた希有な歴史的人物だわ。時代が、彼等に両方の任務を与えたのよ。でも理論は、一人の天才の頭脳から、突然編み出されるものではないわよ。人類の、古今東西の、学問と文化の蓄積の上に、ブルジョアジーの理論もきちんと踏まえて、理論は誕生するのよ。その作業をする人がいなければいけないのよ。それが、マルクスだったのよ。マルキシズムは、このようにして構築された。そうでなければ、マルクスの著作なんて、当時の革命運動の綱領で終わっていたかもしれないわ」

「机上の理論、大英博物館の図書館で練り上げられた理論は、誰がその正しさを検証するのかねえ」

「大衆だわ。いや、大衆の行動だわ。理論といえども……」。彼女は、マルクスのあの有名な警句を引用した。「理論といえども、それが大衆をつかむや否や、実践的な力になる」

つまり、理論家の意識の世界の産物に過ぎない理論ではあっても、それが大衆の心をとらえるならば、古い社会を打ち壊し、新しい社会を打ち建てるゲバルトになる。マルクスは、理論というものの本質を、そう簡潔な言葉で表現したの。

「マルクスの原典はどうなっているか知らないけれど、文法上は、大衆が主語だと思うよ。理論といえども、それを大衆がつかむや否や……ではないのかなぁ」

「実践的な力を発揮するのは大衆よ。でもねえ、厳しい言い方をすれば、正しい理論があれば、大衆が自発的にそれを掴みとって、革命運動に起ち上がるのではないわ。ロシア革命の経験のなかから、レーニンが正しく指摘しているわよ。大衆の自然発生性の前に拝跪《はいき》するのは間違いだと。意識的に革命理論を注入するからこそ、労働者階級は経済闘争や改良主義から抜け出して、社会変革の闘争に起ち上がるのよ。だから、やっぱり、それが大衆をつかむや否や、なのよ」

「おれは、理論の大事さを否定しているんじゃないよ。君も、実践の大事さを否定しているのではない。問題は、理論と実践の関係なんだ。でも、君の論を聞いていると、どうしても実践に対する理論の優位性、大衆に対する知識人の優位性を主張しているように思える。マルクスの言葉を、レーニンの革命理論注入論に結びつけるのは、短絡すぎりゃしないか。一歩踏み外すと、君の意見は、容易に大衆侮蔑《ぶべつ》思想に陥るよ」

「そうかしら」

むっとした調子を彼女はおし静めて、「あなたの意見が、大衆崇拝主義、大衆追随主義でなければいいんだけれど。あなたと私の意見の違いは、セツルメントと歴研の活動の違いから生まれているように見えるけれど、根はもっと奥深いわ。多分、『大衆』というものを、どう把握するかの違いよね。大衆運動、大衆社会なんて簡単にいうけれど、つまり大衆観の相違から生まれるのだわ。ねえ、そう思わない」

「おれも今、それをいおうとしていたんだ」

彼女が上手に議論を終焉に導いてくれたので、助かった。狭いテントのなかで、これ以上の議論は、くたびれるだけだ。

「じゃあ、大衆とは何かの議論を、お互い、これからもずっと心がけて行きましょうよ」

腕時計をちらっと見て、彼女は立ち上がった。

「終電に間にあうわ」

テントの一団に大きな声であいさつを送り、身をかがめて、小声で「寺沼さん」と私を呼んだ。

「あなた、実践の人と思いこんでいるようだけれど、革命的インテリゲンチャであることから逃れられないのよ」

私の返答も待たず、彼女はテントを出た。

彼女が去った闇の彼方で、銀杏の落葉がキャンパスに降りしきる音が聞こえた。

首の辺りに急に寒気を感じた。衿を立てて、テントの端から、彼女の残したスペースに身を移動させた。

年が改まると、学生細胞（S）の組織に大幅な変動があった。二年生の党員は、それぞれ専門学部の組織に転籍する準備を始め、各種の役割が、われわれ一年生党員に引き継がれて来た。

私は、ひとつの班（H）のキャップを務めることになり、同時に柄にもなくL・C候補に推された。彼女も同様、別の班のキャップとなり、L・C候補となった。

春休みになった。学生運動は一休みし、学内に一時の静寂が訪れた。学生党員たちは、理論武装の季節だった。

新しいL・Cのメンバーや班のキャップを召集して、合宿学習会を開くという通知が来た。通知の文末に、例によって「読了後焼却のこと」と、秘密めかして書いてある。

会場は、鎌倉の海岸、L・Cリーダーの同志平岡の家の別荘だという。

理論武装は気が重かったが、別荘と海には興味がそそられた。半ば野次馬根性で、その別荘に出かけた。

海岸に程近い所に、別荘はあった。大正の初めに建てられたという木造の建物は、意外に質素で小じんまりしていた。なんとなく、幾代にも渡る日本のプチブルジョアジーのつつましい体質のようなものが、潮の香りとともに、家屋のそこここに染みついていた。

同志平岡は、子どもの頃から、夏休みや春休み、週末を、この別荘で過ごしたのだろう。自然な、解放された明るさが、彼の表情から滲み出ていた。高校時代の夏休みには、この別荘にこもって、英訳の資本論を読み下し、読みくたびれると海浜で波とたわむれたにちがいない。この春休みには、万巻の書を持ち込んで、新しい革命理論の創造に格闘したいのだという。

なるほど、なるほど、私は奇妙に感心した。鎌倉の海岸に別荘を持つ同志平岡。田舎の工場の倉庫番の倅のおれ。出身の違いは、生活の違い。生活の違いは、文化の違いなのだ。平岡の心身には、子どもの頃から、ごく自然に豊かで質の高い文化が蓄積されている。その肥沃な文化の土壌があってこそ、人類の英知としてのマルキシズムは開花するのだ。早熟な天才的理論家は、貧困からではなく、豊穣な文化と教養のなかから生まれるのだ。

合宿学習会は、平岡の独壇場だった。「それでもって……」という例の口癖を連発しながら、彼は喋りに喋った。

この数ヶ月、平岡の理論は、急速に変転して来ていた。日本の政治、経済、国家独占資本主義段階の資本主義の現状をどう把えるか。日米両帝国主義の関係を、どう評価するか。来るべき日本革命の性格はなにか。日本のプロレタリアートの力量をどう見るか。これらの諸点について、彼が党と基本的に相容れない論法を弁じていたことは、周知のとおりであった。が、最近の平岡は、激しく、決定的な「党内論争」を主張していた。論争の果てに、新しい革命的セクトの結成しかないような口振りだった。もしかしたら、私などうかがい知れぬどこかで、ひそかにその準備が重ねられているのかもしれなかった。この合宿学習会も、私たちをその流れに引き入れるための周到なオルグの一環かもしれなかった。

「論争点は、そればかりではない」

ひとしきり現状分析を論じた後、同志平岡は自信たっぷりに、皆を見渡して断じた。

「問題は、わが国の現状分析に、マルキシズム、レーニズムを、どう適用するかという点だ。

従って、日本資本主義の階級規定や来るべき革命の性格規定における対立は、マルキシズム、レーニズム理解の根本的対立に突き当たる。われわれは、マルクス、レーニンの原点に立ち返って、そこから論争を始めなければならない」

そこで、と彼は、別のノートを広げた。同志諸君に僕が提案したいマルクス、レーニン見直しの論点は、次の四点だ。

第一は、われわれはなぜ、社会主義革命を目指すのか、という点だ。

人民に対する政治的抑圧や経済的搾取に反対するからなのだろうか。もちろん、そうだ。しかし、社会主義革命の基本的必然性は、人間解放にあることを忘れてはならない。この点をマルクスに引き寄せて把えると、マルクスはまず、哲学者として出発した。マルキシズムは、哲学を土台にして築かれた。初期マルクスは、人間を探求し、人間疎外の問題に突き当たった。人間疎外の原因を、彼は、労働力の商品化に見いだし、そして経済学の森、資本主義経済の研究につき進んだ。社会主義革命を、たんに、政治と経済の変革、すなわちプロレタリア独裁の確立と生産手段の私的所有の廃絶と見なし、疎外からの人間解放、つまり人間の尊厳、独立、自由、権利の確立という基本的なテーゼを見失うならば、社会主義も新たな抑圧と搾取の機構に堕落してしまう。それ故に、われわれは、いま、なぜ社会主義革命を遂行するのか、社会主義とはプロレタリアートにとってどういう社会なのかを、初期マルクスの文献にさかのぼり、マルキシズム形成の過程のなかから理論構築しなければならない。

「そうだ！　革命は、根本は人間の問題なのだ」

隣に座した学生が、大声で賛同した。そして、私に向かって無遠慮に、「おい、たばこくれよ。たばこ」と、手を伸ばした。

私は、「しんせい」の箱を投げてやった。彼はたばこに火を点けてから、急に小声になって、「同志平岡は、いつから哲学者になったんだ。四月には経済学部に進学が決まっているから、きっと人間探求の哲学を基礎にした新しい経済理論を唱えるにちがいない。やっぱり、たいしたやつだよ」

鼻から煙を猛烈に吐き出し、一人合点した。

「第二に、ロシア革命の再評価だ」。平岡は、明快に、ずばりといった。

国際共産主義革命の一環として遂行されたはずの後進国ロシアの社会主義革命は、なぜ資本主義先進国のヨーロッパ社会主義革命の導火線にならず、一国社会主義の道を辿ったのか。国際共産主義革命に奉仕するはずのソビエト社会主義が、なぜ逆に、コミンテルン、コミンフォルムを従属下に置いて、一国社会主義の利益に奉仕させたのか。ロシア革命は、なぜスターリンによるレーニン的原則の歪曲と蹂躙《じゅうりん》を許したのか。ボルシェビキの党は、いつ、どのようにして、官僚的なスターリンの党に変質したのか。ハンガリー事件の本質も、ここから解明されるべきである。われわれは、レーニンの無謬《むびゅう》神話を打破し、ロシア革命の再評価、レーニン、トロツキー、スターリンの厳密な検証をしなければならない。

第三に、権力奪取の間近に位置するプロレタリア階級闘争と共産党のヘゲモニーの問題だ。ロシアとちがって資本主義が国家独占資本主義・帝国主義段階に到達しているわが国にとって、注目すべきは、一九三〇年代のドイツと第二次大戦後のイタリアだ。世界大恐慌による混乱のさなか、ヨーロッパ最強の勢力を誇ったドイツ共産党と労働運動が、革命前夜を目前にして、なぜナチズムとの角逐に、ヒトラーの大衆運動との闘いに、あえなく破れ去ったのか。そして第二次大戦後、反ファシズムの武力闘争を通じて国民の間に強固な支持を築き、ヨーロッパ最強の勢力となったイタリア共産党とその指導下にある階級的労働運動が、なぜ大戦の終決をイタリア社会主義革命に連動させられなかったのか。

それは、両党のコミュニストたちが、せっかくのヘゲモニーを放棄し、歴史上の決定的瞬間に暴力の行使を躊躇したからにほかならない。

今日でもイタリア共産党はヨーロッパ最大の議会勢力を誇っているが、構造的改革の旗を掲げ、社会主義への平和的移行のプログラムを実行しつつある。けれども、イタリア資本主義の経済的土台に社会主義的統制、人民的変革を加えつつ、階級的労働運動の主流を握り、また議会で多数派を形成し、平和的に社会主義政権を構築することは、ほんとうに可能なのか。

これまで地球上に生まれた社会主義権力は、すべて暴力によって打ち樹てられた。これは、単純にして明快な事実である。社会主義革命は、議会主義など民主的外皮によって粉飾されてはいるが強大な暴力装置によって守られているブルジョア独裁の国家を打倒し、その廃墟の上に新しいプロレタリア独裁の国家を構築する行為であって、たんなる政権の移譲、つまり出来合いの国家体制の革袋に社会主義政権の葡萄酒を注ぎ替える行為ではない。問題は、武力によってか、平和的・民主的手段によってか、あるいは敵の出方によってか、などという方法論ではない。ブルジョア独裁という国家の本質を、それに代わるプロレタリア独裁という国家の本質を、どう根源的に把握するかにある。そのために、マルクス、レーニンの国家論を、もう一度厳密に検討すべきではないか。

「第四は」。同志平岡の弁舌は、止まるところを知らない勢いであった。陶酔《とうすい》に近い雰囲気が、座をおおっていた。たばこの煙が、一層陶酔を高めた。私は、新しいしんせいのたばこの封を開けた。

第四の課題は、日本革命論争史の再検討だ。問題の核心は、来るべきわが国の革命は、プロレタリア社会主義革命か、民族独立・人民民主主義革命か、にある。この核心を明らかにするために、われわれは、日本資本主義・帝国主義の現状分析と平行して、革命論争史を果敢に研究しなければならない。研究は、はるか数世紀前まで遡る、壮大なものとなろう。織田・豊臣政権とそれを引き継いだ幕藩体制の本質は何か、明治維新の性格は何か、もちろんここには、講座派、労農派の論争の再検討を含む。明治天皇制国家の本質、27・32年テーゼ、日本軍国主義体制とファシズム論、占領軍の支配と役割、戦後民主主義、極左冒険主義と党分裂、そして今日の二段階革命論や構造的改革論まで、われわれの目で主体的に見極めなければならない。

例えば、戦後の民主主義をどう見るか。占領軍が与えたもの、それ故不徹底で不充分なものとしてカッコつきの「民主主義」と規定し、まず人民民主主義革命を遂行するのだという後進国革命路線は、正しいのか。そうではない。日本国憲法に規定された民主主義は、カッコつきなんてものじゃない。ブルジョア民主主義のかなり徹底した姿なのだ。もちろん人民にとって不十分な面はある。またプロレタリアートが民主主義の権利を行使しようとすると き突き当たる現実の壁がある。その点では、世界のどんな民主主義国家だって、同じだ。だが、不十分な面を克服し、現実の壁を打ち破ることは、ブルジョア独裁の国家体制の枠内では不可能である。だからこそ社会主義革命を遂行し、プロレタリア民主主義をもぎとることによってのみ、人民にとっての民主主義はさらに前進し徹底するのだ。

こうした革命論争史を検討する際に、われわれは、マルクスが構築した唯物史観とレーニンの論争法をもう一度学び直す必要がある。

弁舌のなかで、「古参マルクス主義者」「オールドボルシェビキー」「右翼日和見主義者」「民族民主派」「党内官僚主義者」という言葉がひんぱんに用いられた。同志平岡は、あたかも見えない彼らと論争を繰り広げているようだった。

いつものS・Kならば、少数ながら平岡の報告に対する反対者がいた。

一方の反対者は、アメリカ帝国主義による日本の政治的、経済的、軍事的支配の実態を平岡が見ていない、と批判した。「わが国の政治・経済を根本的に握っているのは、アメリカ帝国主義とそれに追随する日本の資本家や政治家である。真の敵を見誤って、日本独占資本に対する単純な社会主義革命を主張することは、アメリカ帝国主義を免罪するとともに、日本の労働者階級の闘いを平和・独立・民主・生活擁護をめざす広範な日本の民衆運動から孤立させるものである」と主張した。また彼等は、草案に対する討議の仕方を問題にした。「民主集中性の原則から、党内論争は分派を結成する方向でなく、あくまでも都及び地区委員会の指導のもとにおこなうべきだ」といった。この反対者の意見は、「ナンセンス！」という声高な嘲笑でかき消された。

もう一方の反対者は、平岡の意見を、右翼日和見主義への同調、スターリン主義への妥協と批判した。「同志平岡の主張する日本社会主義革命論は、一国プロレタリア革命論の幻想にすぎない。平岡は、スターリンの一国社会主義路線やソ同盟の官僚支配を批判はするが、基本的には、ソ連を中心とする世界的な社会主義体制とアメリカ帝国主義を中心とする資本主義体制の闘争激化という緊張の結節点に、日本の社会主義革命が可能だとの前提に立っている。しかし、ソヴェト社会主義は、すでに党官僚による人民支配の体制に転化しており、したがって世界情勢をアメ帝とソ連を中心にした社会主義国の対立・激化と把え、社会主義が世界的体制になったということ自体、無意味である。ソ連は、アメ帝と抗争・野合しつつ二つの勢力による世界人民の支配を固定化しようとしてる」と論じた。「いま必要なことは、真の国際プロレタリア運動の確立であり、その一環としての日本の革命勢力の結集である」と述べた。この反対者の意見に対して、平岡の反論は歯切れが悪かった。

しかし、今回の合宿研究会の席に、これらの反対者はいなかった。多分彼等は、L・CやH（班）キャップのメンバーから巧妙にはずされ、海浜の別荘へ招待されなかったにちがいない。

同志平岡の報告が終わったのは、夜に入っていた。時間を惜しんで、出前のカツ丼を素早く食べ終えて、討論に移った。平岡の提起した論点を補強する形で、L・Cのメンバーが次々にレポートを発表した。

一種の革命的楽観主義が、場を支配していた。世界的な社会主義勢力の前進、植民地解放闘争と国際的な平和擁護運動の高揚の前に、早晩、アメリカ帝国主義は崩壊の運命にあった。日本独占資本も、国鉄、鉄鋼、石炭、教育労働者の革命的決起を恐れていた。真の革命路線が打ち立てられるならば、明日にも首都・東京の街路にコミューンのバリケードが築かれる情勢にあった。ほんとうに今、世界と日本は、激動・革命・共産主義の時代だ。固い頭の「古参マルクス主義者」に替わって、新鮮な革命理論で武装した真のボルシェビキーが革命の舞台に登場する時が来た。その理論を構築する歴史的な現場に、今、われわれはいる。日本の革命は、春の湘南海岸の闇に包まれた、このひっそりとした古い別荘から、生まれようとしていた。

時間に限りはあったが、議論に果てしはなかった。そんな雰囲気に私は圧倒され、興奮して、やたらにたばこを吹かした。喉がひりひりと痛んだ。

最後に、問題を何点かに整理して、それぞれ分担して研究し、次の機会に発表することになった。

私の分担は、世界恐慌から第二次世界大戦にいたるヨーロッパ共産主義運動の動向だった。国際共産主義運動は、なぜファシズムの登場を許したのか、経済恐慌を戦争へでなく革命に転化できなかったのか、が主要なテーマだった。もとよりその面の知識のない私には、荷が重かった。が、私は、あえて辞退しなかった。

その席で、彼女に割り当てられたのは、日本革命論争史の検証だった。同志平岡は、明治維新を基本的にブルジョア革命と断じていた。百年も前に、日本は絶対主義政権である徳川幕府を倒して資本主義革命を成し遂げている、だからきたるべき革命は、社会主義を実現するプロレタリア革命しかない、というのが、マルクスの史的唯物論から導き出した彼の歴史認識だった。それを、明治政権に対する人民の政治運動分析を基本にすえて、再検討を試みるのだ。日本史専攻志望の彼女には、最適の分担だった。

「必読文献を紹介しよう」

同志平岡が、しめくくりの提言をした。彼が示したのは、学部毎のSを統括する大学細胞機関誌『マルクス・レーニン主義　No.9』という五十ページほどの冊子だった。自治会の旗と同じライトブルーの表紙がかぶさっている。

「同志山口一理が、『十月革命の道とわれわれの道——国際共産主義運動の歴史的教訓』という長大な論文を発表している。同志山口の論文は、もちろん彼の個人的見解ではあるが、しかしそこには、今日この場でわれわれが討議した、また今後われわれが研究しようというすべての問題が含まれている。真に階級的前衛の革命理論を構築するために、春休み中に、この論文を徹底的に学習してほしい」

その冊子が配られて来て、私の手元にも届いた。五十ページの厚さが重く感じられるのは、内容のせいにちがいなかった。同志平岡の背後に、彼に思想的影響を与えるようなもっとすごい理論家がいるとは、信じかねた。もしかしたら、その同志山口一理こそ、日本の若きレーニンかもしれない。

胸を踊らせながら、私は表紙をまくった。論文は、一九一七年四月、第一次世界大戦の最中、レーニンが敵国ドイツ軍部が仕立てた「封印列車」に乗って、ペトログラードのフィンランド駅に降り立つ情景の描写から始まっていた。ラ・マルセイエーズの演奏と労働者・兵士の歓呼に迎えられて装甲車にかつぎ上げられたレーニンは、「平和とパンと土地を！　そしてすべての権力をソヴェトに！」という単純明快な演説（四月テーゼ）をおこなった。労働者と兵士は、そのスローガンを熱狂的に支持したが、ボルシェヴィキのなかで支持したのは、貴族出身の革命家コロンタイ一人であった。ボルシェヴィキ多数派は、二月革命の成果をドイツ帝国の侵略から防衛すること、民主主義革命をもっと徹底すること、資本主義の発展していないロシアでは、プロレタリアが権力の座に座るのはもっと先だと考えていた。ソヴェトによる権力奪取と社会主義革命、そしてこの大胆な革命的路線を確立するための分派闘争——山口一理論文は、日本の革命に、四月テーゼを導入しようという意欲作だった。

各人が、この冊子をしまい終えた時、長く充実した今日のスケジュールは、すべて終った。深夜、三時を過ぎていた。

彼女が別室に去ると、男性はその場に布団を敷き詰めて、雑魚寝《ざこね》だった。

いくらか、まどろんだのだろうか。カーテンからもれる薄明りに、目を覚ました。同志たちは、ぐっすり眠っているふうだった。興奮が、まだ身体の芯にうずいていた。再び眠れそうになかった。

玄関を忍び出て、海辺へ歩いた。江の島の彼方へ、曇天が水平線までかぶさっていた。突然、日本海の荒海が、記憶に甦った。たった一度の波打ち際の体験。小学校六年生のときの修学旅行で直江津海岸に遊んだ。梅雨の盛りで、海辺は小雨だった。初めて目のあたりにした海浜だった。高く低く不規則に襲し寄せる波が恐くて、波打ち際を逃げ惑った。

あの臨海体験に続く二度目の海。けれども波は穏やかだった。

少年に戻ったような気分になって、私は靴を天に放り上げた。ズボンをたくし上げ、砂浜を一気に走って、波打ち際に立った。波が足を洗った。早朝の海辺には、誰もいなかった。三月の海水は、心地よい冷たさだった。雲の一角が、明るくなりかけていた。日の出が始まったらしい。

私は、仁王立ちになり、沖に向かって拳を突き上げた。この拳で曇天を突き破れば、早春の朝日は鋭く私を射すくめ、地上を明らかに照らすにちがいない。

思わず最近覚えたばかりの「ワルシャワ労働歌」が、口をついた。

暴虐の雲光をおゝい
敵の嵐は荒れくるう
ひるまず進めわれらの友よ
敵の鉄鎖をうちくだけ

自由の火柱輝かしく
頭上高く燃えたちぬ
今や最後の闘いに
勝利の旗はひらめかん

そこまで歌ったとき、突然背中で合唱が和した。振り向くと、数名の同志たちが手を振って応えた。彼女も、そのなかにいた。充血した眼に、興奮が宿っていた。来いよ！　私は歌いながら、身振りで示した。彼女が真っ先に靴を脱ぎ捨て、走って来た。彼女を真ん中にして、スクラムを組んだ。少し大きな波がきて、ズボンを濡らした。

起てはらからよ行け闘いに
聖なる血にまみれよ
とりでの上にわれらの世界
きずき固めよいさましく

水平線に裂目ができた。いま昇らんとする太陽が、曇天をこじ開けたのだ。そこから一条の光が放射し、スクラムを貫いた。まぶしい！　でも、眼を開け！
スクラムをいっそう固く組み直して、私たちは、ワルシャワ労働歌を歌い続けた。

合宿研究会から帰京して間もなく、都学連から緊急の動員指令がきた。
文部省は、日本の教育の反動化を推し進めようと、道徳教育の復活による教育支配と勤務評定実施による教職員支配を強行しようと企んでいる。道徳教育実施をごり押しするため、文部省は都道府県の責任者を召集して、研修会を開催しようとしている。都学連は、この動きを察知し、断固粉砕する方針を決めた。研修会阻止をめざして起ち上がろう、という緊急指令だった。

春休みで在京の活動家は少なかった。大量動員の期待はできない。しかし、教育の反動化を阻止するために、この研修会は、絶対に開催させてはならなかった。

その日の朝、文部省前に結集したデモ隊は、百人ほどに過ぎなかった。私も彼女も、その一員だった。文部省の玄関に座り込んで、参加者の入場を阻止する。阻止できなければ、会場に乱入してでも研修会を阻止するという行動方針が、事前に示されていた。私は、ジャンバーと運動靴に身を固めていた。彼女も、そうだった。

経済学部に進学する同志平岡の姿はなかった。代わりに同志鳥山が、デモ隊の後尾の目立たない場所にいた。そこが、いつも平岡のいる場所だった。私と同学年の同志鳥山は、平岡の後継者の一人と自他共に目されていた。都立の進学校から一浪をして入学したのだが、高校時代から活動家として認められ、予備校生の時にも仲間を連れて全学連のデモに参加していた経歴があるそうだ。

ふっくらした水色のセーターの上に背広を着、革靴を履いた鳥山の服装は、目立った。デモ隊を離れてそのまま通行人にまぎれて歩道を歩けば、普通の若者だった。

指導者は温存しなければいけない。いつか同志の友人がいった言葉を思い出した。実戦のリーダーは取り替えがきくが、勝れた理論的指導者は取り替えがきかない。表に現われず陰に身を隠す――平岡に習って、鳥山自身が冷静にそうした配慮をしているらしかった。

座込みを開始したとき、どこかから情報が入った。研修会会場が、上野の森の国立博物館の会議室に急遽変更されたのだった。

地下鉄に乗って、上野公園に急行した。機動隊の動きの方が、素早かった。デモ隊をはるかに上回る機動隊員が、会場へのいくつかの入口をがっちり固め、どの門も重々しく閉じられていた。

門の前に座り込んで、参加者の入場を阻止するのは、不可能だった。参加者が、機動隊に守られて、どの門から入場するのかも不明だった。

公園の一角に集合したデモ隊に、リーダーが、方針変更を告げた。

「われわれは、この場で、抗議集会を開く」

「ナンセンス」「われわれは、阻止するために来たんだぞ」

リーダーは、反対の野次をなだめて、演説を始めた。

後から肩をたたかれて振り向くと、鳥山が立っていた。集会から離れた木立へ私を誘い、周囲に私服の刑事の姿を探しながら、声をひそめて告げた。彼が集会とは別の陰の指導者であることが、すぐに分かった。

「君に、別働隊になってもらいたい」

「別働隊？　何をするんですか」

　私も、声を圧し殺して聞いた。

「参加者は、すでに会場入りしているということだ。四班の別働隊を急遽編成した。機動隊の注意は、抗議集会に向けられている。その隙に、君等五人の班は、あの門を乗り越えて、建物に侵入するんだ。他の三班も、それぞれ別の門から突入を企てる。会場に突入して壇上を占拠し、参加者に勤評反対の意思をアッピールするんだ」

「特攻隊ですね」

　私は、興奮を隠しながらいった。飛行服に白いネッカチーフを巻き付けていれば、まさしくその通りだった。あの時代に生まれていたら、私は、戦争に反対して牢獄に繋がれていただろうか。それとも平和と自由を渇望しつつ、学徒兵に志願して南海の大空に飛び立って行っただろうか。

「特攻隊とちがう点は、君に拒否権があることだよ」

　任務のためにわが身を犠牲にできるか、革命的ヒロイズムが君にはあるか。鳥山は試そうとするように、私を凝視した。

　ふと抗議集会の最後列に、彼女の姿を認めた。こちらを直視している。鳥山と私の会話が聞こえるのだろうか、じっと私を見つめている。彼女の眼差しを意識しながら、私は、明瞭に応えた。

チ箱も。

「決まった。何気ない振りをして、あの門の脇の植込の陰に隠れるんだ。いいかい。合図はしないよ。九時になったら、一斉に門を乗り越えて突入だよ」

腕時計を見た。あと数分だ。私は時計をはずして、鳥山に渡した。しんせいの煙草とマッチ箱も。

「やりますよ」

「他に預かるものはないか」

鳥山が聞いた。通学定期券など身分を証明するようなものは身につけないのが、デモの常識だった。帰りの電車賃のためのバラ銭が、ポケットにあるだけだった。パクられて、身元が明らかになるものも、喪うものもなかった。

「成功をいのるよ」

彼は煙草に火をつけ、雑談は終わったというふうに、なにげなく私から遠ざかった。抗議集会の最後列に戻り、彼女と何ごとか話を始めたようだった。

集会が、突然慌ただしくなった。隊列を整えて、広場で渦巻きデモを始めた。機動隊の注意を引き付けようとしているのだ。

「行くぞ！」

隣の植込みから、一人の学生が跳び出した。

「研修会粉砕！」

叫びながら、私も身を躍らせた。鉄格子の門をよじ登る。門の内に、密集した機動隊の隊列が待ち構えている。黒々とした戦闘服の固まりの上に、わが身を投げ出した。

身を投じるより前に、私は、幾人かの黒い手で、門の内側に引きずり下ろされた。拳がとめどもなく、私を撃って、地面に薙《な》ぎ倒す。頑丈な革長靴が、腹や背をたたきのめす。無理やり引き起こされ、後ろ手にねじり上げられる。痛みに肩が外れそうだ。ジャンバーの袖がもぎ取られる。そうやって引立てられる。どこへ連れて行こうとしているのか。

遠く、広場のシュプレッヒコールは、まだ続いていた。

キャンパス内に桜の季節が過ぎた。学寮の前の広場では、葉桜のなかにわずかに残った白い花びらが、ときおり学生たちの上に散った。空は、限りなく蒼く、ポプラ並木の梢の上に広がっていた。

一九五八年の四月が、巡り来たのだ。

広場は、新入生たちでいっぱいだった。音感合唱団の学生が、アコーディオンを抱えた伴奏者を従えて、げんこつを振り回しながら、学連歌を指導していた。

歌が終わると、自治会の大林委員長が登場した。端正な顔立ちに、眼鏡がよく似合う。私は、活動家を外見のスマートさによって、都会派か田舎派かに類別する癖がある。同志平岡や鳥山は、もちろん都会派だ。前任の金川や嘉藤委員長は田舎派だったが、大林委員長は都会派だ。私は、彼が毎晩、キャンパスから井の頭線の線路を隔てた坂下の喫茶店で、ビールを一本飲むのを知っている。活動に忙しくて学寮の大風呂に入れない彼は、終い湯に近い坂下の銭湯に通う。汗を流した後、お決まりのビールぐらい空けなければ、自分の皺さえかかった学生運動の表向きの指導者などやっていられなかったのにちがいない。私は、その喫茶店で、せいぜい月に二度ほど安いジュースを飲むのが、精一杯のぜいたくだった。

岸首相と藤山外相は、一九五一年、講和条約とひきかえに結ばれた「日米安全保障条約」は、暫定的なものとして、今日の日米関係に即した「安保改定」を公然と主張し、米国との交渉を開始していた。

迫り来る安保闘争を予感しつつ、学生運動は、原水禁と勤評に向かって盛り上がっていた。日教組は、全国各地で、勤評反対闘争を果敢に闘っていた。大林委員長は、来るべき四・二五と五・一五のイギリスのエニウェトク水爆実験阻止、勤評粉砕の統一行動を全学のストライキで闘おう、とアジ演説をした。

その傍らで、セツラーの何人かが、新入生勧誘のビラをまいた。

なんといふ素晴らしい
沈鬱な暗い夜明けだらう、
これでいゝのだ
暁はかならず

あかく美しいとはかぎらない
馬鹿な奴等は、まだ寝てゐるだらう、
りかうな奴等も寝てゐるだらう、
どっちもよく寝てゐるだらう、
ただ我々だけが、
誰にも頼まれもしないのに
夜っぴいて眼をあけて
くるしんでゐるのだ、
可哀さうだとは思はないか、
歴史の発展の途上に、
眠れない男たちを。

小熊秀雄の詩「暁の牝鶏」を冒頭に引用したビラは、新入生によく読まれているようだった。

私は、K町セツルメント委員長、自治会のクラス委員、学寮の委員を務めていた。私のつくった勧誘のビラが効を奏したのか、他の大学を含めて三十人を超える新セツラーを迎えていた。彼らとともに、私はK町への地元通いも続けていた。運が重なって、家庭教師のアルバイトの口が舞い込み、三つ掛け持ちでこなしていた。統一行動があると、セツラーの仲間を誘って、欠かさず街頭デモにくり出した。四・二五も五・一五も大成功だった。

予感はあった。しかし、信州の地方都市の高校を卒業して大学に入学したウブな自分が、一年後ここまで変貌を遂げるとは、吾ながら思いがけなかった。

一年生からの新入党員を迎えて、S・KやL・Cの会合は、いままで以上に、ひんぱんに開かれるようになった。世界と日本の情勢が緊迫の度を増すにつれて、学生運動も大きな盛り上がりを示していたから、それは当然といえた。

しかし、ひんぱんに開かれる背景に、大きな何かが始まろうとしていることが、私にも分かった。同志たちを巻き込み、引きずり出し、宙に舞上げ、地に落下させる何かの企てが密かに準備されている気配を、同志たちは誰もが感じていた。

S・Kの指導部は、「党内論争」の路線から「分派結成」の路線へ、ハンドルを切り替えていたのだった。

そうした動向に、同志鳥山も関わりを持っているらしかった。L・CやS・Kの席上では、公然と発言はしなかったが、個々の同志たちへ、裏面での個別説得をしているようだった。彼に私は中途半端と見られているらしく、オルグの対象から外れていた。しかし、説得の内容は伝わって来た。

五月の全学連第一一回全国大会は、「主流派」と「反主流派」との激突の場となった。反主流派の代議員は、議場への入場を拒絶された。会場に入れろ！　壇上で発言させろ！　と迫る彼等を暴力的に排除し、全学連大会を守るために、「防衛隊」が組織された。その一員として、私は、会場の入口にピケを張った。入れろ、入れないの口論は、もみ合いとなり、殴りあいとなったが、多勢に無勢の反主流派は、ついに会場に入ることはできなかった。

六月、党中央委員会が召集した全学連大会代議員グループ会議が、党本部で開かれた。全学連グループは、党中央を難詰し、中央委員全員の罷免を要求し、暴力をともなう大荒れの「不祥事」となった。その結果、全学連遠山委員長など十数名が、除名、党員権停止などの処分を受けた。

これを契機に、S・KやL・Cの会議では、「新セクト結成」が、公然と唱えられ始めた。少数ながら党中央を支持する同志たちもいたが、彼等の発言は、罵倒でかき消された。やがて彼等は、会議の席に、顔を見せなくなった。

また学内では、別のセクトが存在を主張し始めていた。「革命的」と称するこのグループは、同志平岡や鳥山の論調を、依然スターリニズムから抜けきれない右翼日和見主義と評し、学連の内部に一定の影響力を持つようになった。このセクトのオルグは、私の周辺にも行き交い、ときに機関誌を手渡されることがあった。

こうした混乱に嫌気がさして、S・Kを遠退き、やがて学生運動からも遠ざかる同志たちがいた。私は、離脱する代わりに、路線論争に関する議題には沈黙するという道を選んだ。

私の両足は、セツルメント活動、K町という地域と民衆に置かれていた。私の頭は、学生運動のなかの「革命的思潮」に漬かっていた。頭は頭だけで動き、両の足は、その貧民のまちに深く把われていた。頭と足の働きは一致せず、身体は引き裂かれた。

この二律背反が、私を苦しめ、慎重にした。頭が身体を支配するには、K町から足を引抜き、降ろす場所を戦闘的な学生運動に据え替えなければならなかった。だが両の足は、K町から離れることを拒んだ。K町に私は、ふるさとを感じていた。K町の民衆に、私は、郷里の父母の像を重ねていた。

第一、私には、沈黙を捨てて、自らを主張する学習と理論の蓄積が足りなかった。同志平岡や鳥山がぶっつけて来る階級的・先鋭的な議論に異論を述べても、倍する議論で一蹴されることは明らかだった。卑怯者、それが君流のコミュニストか、と自分に問いながら、私は沈黙し、胸の内で「おかしいな」「そこは違うぞ」と思う点を反芻した。

平岡や鳥山に、人間的なあやうさを感じたのは事実だった。

あやうさ——弱さといっていいか。危うさといっていいか。あまりにも早熟で理が勝ち、文筆の達者な弁舌の徒といった平岡や鳥山に、私は常に違和感を覚えていた。彼等の図抜けた秀才振りや博学に対する畏れと嫉妬の感情が交じっていたかも知れない。しかし彼等からは、労働者的な生活臭、情緒、忍耐、強情さを感じたことはなかった。私は、変にそんなことに拘泥《こうでい》した。「革命的プロレタリア」を論じながら現実の労働者の生活を見ず、「革命前夜」を唱えながら今晩の飯代を稼ぐ労働者の苦悩を知らない――理が勝つというのは弱さであり、また同じ弁舌、文筆、博学をもって、やすやすと正反対の理を唱える危うさを、私は彼等に感じていた。事実、労働者への信頼から軽蔑へ、資本主義の否定から賛美へ、国家の打倒から擁護へ、軽々と身を変えた学生運動家は、過去に幾人もいた。

違和感を覚えながら、彼等へ、入学以来一年半ともに闘って来た連帯感を強く抱いていたことも事実だ。五・一五の統一闘争は、教養学部史上初めて、ピケによる全学ストを成功させた。大学当局は、ストを指導した大林委員長と杉島書記長に停学処分を課した。以来、二人の姿は学寮に見えない。ともに闘った同志が、そうした情況に置かれているのだ。彼等への心情が、また私なりの主張を遠慮させた。

同志鳥山からの「中間分子」「日和見主義」「経験主義」との批判は、甘んじて受けた。しかし、S・Kに踏み止まっている同志たちの幾人かが、私と同様、揺れ迷いつつ、学生運動はともに闘い、しかし路線論争においては、貝殻のなかに閉じこもって自らの立場を見つけようとしていることを、私は知っていた。

S・Kのそんなモザイク模様のなかで、彼女は、確信をもって新セクトへの道を歩いているように見えた。

会議で彼女は、思い詰めたように一点を見つめて、鳥山を支持する意見を述べた。自ら挙手して意見を述べることは、彼女にとっては珍しいことであった。彼女の真面目さやひた向きさは伝わって来た。だが私は、平岡や鳥山に対するのと同じあやうさを感じて、おし黙っていた。

勤評は、緊迫した情勢を迎えていた。全学連は、日教組の反対闘争を支援するため、激しく勤評が闘われている和歌山県に活動家を派遣することを決定した。S・Kも、何人かの同志を現地に送り出した。

同時に、学部のある目黒区の地域共闘会議に参加し、区教組を包む労学共闘を強めることを決定した。夏休みの直前だった。

「首都における地域労学共闘の組織化と闘いは、文部省を震撼させるだろう。いまこそ、真の革命理論が大衆を把む時だ」

そういいながら、鳥山は同志たちを見回した。

「この歴史的な意義を踏まえて、目黒区に派遣するオルグは……」

鳥山が終わりまでいわないうちに、

「私、行きます」

手を挙げて、彼女が名のり出た。使命感と好奇心に弾んだ声だった。

意義なし！

全員の拍手が湧いた。

拍手をしながら、目黒区とは違ったやり方で、K町でも勤評反対闘争にとりくんでみよう、と思った。労学共闘とは別の、地域での闘いがあるはずだ。

早速、セツラー集会を開いた。セツラーも大賛成だった。日頃のセツルメント活動が試されるのだ。手始めに、K町の父母に呼びかけ、地元の教組の先生たちも交えて、勤評反対の集いを開くことを決めた。

夏の午後の子ども会が終わった後、私たちはチラシをもって、一斉に各戸を訪ねた。手分けしてチラシを配り、集会への参加をお願いする行動だった。

終戦まで兵舎だった木造の巨大な建物の廊下には、暗さとそれより一層深い蒸し暑さが沈殿していた。

どの部屋も入口の戸を開け放して、暑さをしのいでいた。早めの夕食が始まろうとしていた。小さな食卓を囲む談笑の様子が、丸見えだった。

私が最初に訪ねたのは、小学三年のY子の家だった。

「こんばんは」

声をかけると、真っ先にY子が飛び出して来た。

「わーい、寺沼のお兄さんだ」

いつものように首ったたまに抱きついて歓声を挙げる。

「夕飯?」

「コロッケ食べてるのよ」

Y子の口から、コロッケの匂いがした。

K町の一角にてんぷら屋があって、一個五円のコロッケを売っている。おいしいと評判で、夕方になると行列ができる。妹を連れてY子がよくこの行列に並ぶのを見かけた。

「いいなあ。ねえ、お母さんいるかい」

聞くよりも早く、母親が口元を拭いながら出て来た。四十歳にならないというのに、十歳は老けて見える。昼間のニコヨン労働の疲労が、眼から頬の辺りに浮き出ていた。中国から引き揚げて来て、ここに住んだと聞いた。

座卓に向かって、父親が茶碗酒を注いでいるのが見えた。たしか父親は、もう二ヵ月も失業中のはずだった。

「子どもたちがいつもお世話になって、ありがとうございます」

「いいえ、どうも」

「学生さんたちも、この暑いのにご苦労さまですね。Y子たちは、昼間放ったらかしにしてますので、ほんとうに助かります。で、なにか……」

「今日はちょっとお願いがあって来たんですが、あのー……」

口ごもりながらチラシを渡し、勤評問題と反対集会のことを切り出した。

勤評ってご存知でしょうか。そう、Y子ちゃんたちの学校の先生に、校長が一方的に勤務評定をし、校長のいうことをよく聞く先生、聞かない先生に色分けしようとしているんです。

先生たちがなんでも自由にいえる教育の場を、校長の顔色をうかがわなければならない職場にしようとしているんです。なぜ今、先生たちや国民の反対を押し切って、こんなことをやろうとしているんでしょう。それは、教育の反動化を押し進め、子どもたちを再び戦場に送り出すために、文部省や校長のいうことをなんでも聞く先生たちをつくり出そうとしているからなんです。

「学校の先生にだって」。母親は、私の説明をさえぎっていった。「勤務評定があって当然でしょう。だって、Y子のクラスの先生なんて、ひどい先生よ。すぐK町の子は、K町の子は、っていうのよ。そりゃ、この町の子は、親が昼間ニコヨンなんかで働いているもんだから、放ったらかしよ。勉強も見てやれないし、教科書だって勉強道具だって、ちょうどに揃えてやれないわ。だいたい、こんな住まいでは、勉強する部屋だって、机だってないんだもの。学校の勉強なんか、できないのが当たり前だわ。先生がほんとうの教育者だったら、条件に恵まれない子に余計に目をかけてやってもいいいんじゃないの。それをねえ、Y子の先生なんか、できる子ばかり可愛がって、K町の子なんて、いつも放っておかれるだけよ」

遠足の時だって、学芸会の時だって、家庭訪問の時だって。無口な母親が、まるで日頃の鬱憤《うっぷん》ばらしをするような勢いで話しかけて来た。

「学校の先生にだって、勤務評定があって当然でしょう。いい先生も、わるい先生も、同じ給料もらうなんておかしいでしょう」

Y子のこと、K町のことにひきつけて切実にいわれると、返す言葉がなかった。

そういう先生もいるかもしれないけれど、ほとんどが真面目ないい先生なんだと思います。

いい先生、わるい先生って、勤評なんかじゃ評価できないと思うんです。

いい教育を進めるには、先生たちがお互いに自由に批判したり討論したり、父母と話し合ったりすることが必要だと思うんです。

でも勤評は……。

痰《たん》のように喉元につかえた言葉を吐き出しながら、くだくだと説明した。

「いつまでも、そんなところで、がたがた喋ってるんじゃねえよ！」

突然、座卓から父親の怒声がとんだ。

「勤評反対だあ？　日教組を支援しようだあ？　先生たちに赤旗振り回す暇があったら、あんたらみたいによ、この町に来て、子どもの勉強でも見てくれたらどうだい。ビラはそこに置いておけ。後で見てやらあ」

「すいませんね、寺沼さん。お父ちゃんたら、酔っ払って」

「すいません、すいません」

夕食時の来訪を深々と詫びて廊下に出た。

夜に入って、一段と蒸し暑くなったようだ。胸と背中に汗が流れ、下着とワイシャツが肌にねばりついた。

個別訪問を終えるのに、数日かかった。他のセツラーも、同じような体験をしていた。セツラーの訴えをきちんと聞いてくれる親は、少なかった。お義理にチラシを受け取ってくれる親が多かったが、なかには玄関払いを食らったセツラーもいた。

数日後、子ども会を終えた夜の集約会議は、意気が上がらなかった。

「子ども会に、いつもの半分しか来ないんだよ。聞いてみたら、アカい学生さんお断わりなんだって。アカい学生のやる子ども会なんかに、わが子を出せないとさ。親に黙って来ている子もいたけれど。勤評のチラシ一枚でこうさ。いままで僕たち、K町で何やって来たんだろうか。ショックだよ」

真面目屋のM君の衝撃的な発言に、皆黙りこくったままだった。

学生運動で語る言葉は、K町の住民には通じなかった。沈黙と反発の壁が立ちふさがった。長年のセツル活動を通じて、住民と心の交流が築かれていると思っていたが、その自負は叩きのめされた。親たちにとって、私たちセツラーは、子どもの宿題を見てやったり、一緒に遊んでやったりする便利屋のような存在だったのか。いつか座りこみのテントのなかで、彼女がいった言葉を思い出した。K町の民衆をオルグして反対集会を開こうなどというのは、セツラーの思い上りなのか。

その夜遅く、私は思い余って、K町に有田さんを訪ねた。

ガリ切りの鉄筆の手を休めて、有田さんは、私を迎えてくれた。二間続きの奥の部屋に蚊帳を張って、三人兄弟が腹を出して眠っていた。子のかたわらで奥さんが、昼間の重労働のためか、うたた寝をしていた。この暑さにもかかわらず、羨ましいような深い眠りだった。

私は声を押さえて、経過を話した。

「君たちの勤評反対集会の話は聞いたよ。この町の住民の反応もね」

「どう考えたらいいんでしょう」

単刀直入に、私は聞いた。

「この町の人々と勤評問題を話し合うなら、それなりの考え方や態度があるはずだよ。その点を、君たち、どう思っているんだろう」

「なによりもK町の人たちに、勤評の本質を理解し日教組の支援に起ち上がってもらいたかったんです。日米の資本家階級が、日本の軍国主義化の道を公然と歩み出し、そのために……」

「そうそう、このビラにも、そう書いてあるね」。有田さんは、座机の引き出しから私たちが配布したビラを取り出して示した。

「君たちは、住民に勤評の本質を教え込もうとしてたんじゃないかな」

「われわれなりきに、勤評問題を学習して来たから、皆さんにそれを知ってもらいたいんです」

「それそれ、君たちの気持のなかに無知な住民を指導し決起させるといった姿勢があるんじゃないかなあ」

「……」

真の革命理論が、いよいよ大衆を掴む時だ！　勤評反対の地域共闘へオルグ派遣を決めたS・Kの席での気持の高ぶりを、私は思い出した。おれだって、有田さんだって、革命的前衛党員として、大衆を指導するのは当然でしょう。勤評問題を真剣に学び、また反対闘争を果敢に闘って来たセツラーたちが、後衛の大衆の意識を呼び覚まし、闘いへの起ち上がりを促すのは当然でしょう。そう反論したい気持を抑え、有田さんの言葉を待った。私の高ぶりを見抜いたように、言葉を選びながら、有田さんは続けた。

「K町の住民は、君たちのようには、勤評を理解してはいない。学んでもいない。だがそれは、無知とは違うんだ。住民は、君たちとは違った理解の仕方で、勤評の本質を把握するんだ。そこのところを、君たちは、もっと考えなければならなかった。君たちは、まずK町の民衆から、勤評問題を学ばなければならなかった」

「でもね、ビラを配っていたら、勤評賛成という人だっているんですよ。そういう人たちから何を学ぶんですか。K町が、私たちセツラーに対して、突然に固い殻をかぶってしまったみたいなんですよ」

「君たちは、なんのためにK町に通って来ていたんだ。貧しい民衆に何かやってやろうと思っていたのかね。かわいそうな子どもたちに、何か与えてやろうと思って来たのかね。それとも、君たちの革命理論で、K町を変革しようとでも……」

「ちがいます、ちがいます。そんな気持で通ってるんじゃありません。活動を通してK町の現実、子どもたちの現実を直視したい、ほんとうの民衆の姿や生き方を知りたい、民衆の貧しさや権利が侵されている原因を突き止めたい。そして一緒に何か築こうと……」

「直視するって、どういうことなんだろう。それは、K町という地域と人から学ぶってことだろう。だとしたら、この町から、勤評問題を学ぶって、どういうことだと思うかね。君の考えをきちんといってみたまえ」

有田さんが、厳しい表情で私を凝視した。有田さんのそんな顔つきは、見たことがなかった。

「それは……」。口ごもって、返答ができなかった。

「勤評賛成という母親からも、アカい学生さんお断わりという父親からも、君たちは、学ぶことがいっぱいあるんだよ。たしかにK町には、組織労働者はほとんどいない。総評に加盟している戦闘的労働組合の組合員は、ほとんどいないよ。けれども、この町の住民のような下積みの労働者が動き出さなければ、勤評ははねかえせないだろう」

「じゃあ、勤評賛成というY子ちゃんのお母さんから、何をどう学んだらよいか、教えてください」

「答えを出すのは、君自身だよ。正直のところ、わたしにも答えは示せないよ。まあ、これは、お互いの宿題にして、これから一緒に考えて行こう。大事なのは、壁にぶっつかったからといって、へこたれちゃあだめだってことだ」。有田さんの表情が、いつものように柔和になった。「撥ね返されたら、またぶっつかる。きっとK町の住民は、君たちに胸を開いてくれるよ」

明朝までに筆耕の仕事をやってしまわなければ、という有田さんに別れを告げて、巨大な木造住宅棟を出た。

住宅棟の谷間に半月の光が降り注ぎ、微風が通り抜けた。ワイシャツのボタンをはずして、微風を受けた。

見上げると、灯りがともっているのは、有田さんの窓だけだった。K町は、寝静まっていた。

信州の年老いた父母も、寝ているだろう。ふと、そう思った。一生を実直に働いて来たプロレタリアートでありながら、およそ革命的思想からも行動からも対極に埋もれてしまって物言わぬ父母からも、何か学ぶことがあるのだろうか。

有田さんと話したお陰で、気が軽くなった。セツラーに対し、K町は「固い殻」の姿を見せた。でも、K町こそ、日本のごく普通の地域の姿ではないか。では、K町に居住するY子の母親から学ぶとは、どういうことなのか。有田さんは、答えは自分で探せといった。それはきっと、わが子の教育に対する願いや不満を、語ってもらうことなのだ。そこに、日本の教育の矛盾が、かならず照らし出される。勤評の論議は、そこから始まってこそ、K町の父母の心を把える。

翌日、仲間たちと相談して、二枚目のチラシをつくった。K町の父母（地域住民）と子どもたちが通う小中の教師と私たちセツラーが膝を交えて、わが子の子育てや教育の悩み、学校への不満や要望を話し合おうという内容だった。

手分けしてチラシを配りながら、ここ数日セツラーに寄せられた反響や反対意見を、率直に伝えて廻った。

そして、当日を迎えた。

集会には、当初の悲観をくつがえして、予想以上の住民が集まった。

Y子の母親は、定刻間際に駆け込んで来た。

「いらっしゃい。もうじき始まりますよ」

嬉しくて、声がはずんだ。

「Y子がねえ、寺沼さんがこんなにお願いに来てるんだから、お母さん行ってよ、と急かすのよ」

子のせいにしながら、笑顔をつくった。

「お父ちゃんたら、おれが子守をしていてやるから、お前、行って来い、だって」

勤評反対の訴えを！　と張り切っていた区教組分会役員の教師たちも私たちセツラーも、結局は聞き役になった。主役は、語り手は、K町の住民だった。自分たちが受けた戦前の教育、戦場での、外地・内地での戦争体験、戦後の今も続く飢餓のくらしと労働、そして子に託す父母の願い。

勤評論議にはならなかった。けれども学友との勤評学習会では得られないずっしりした重みが、達成感とともに胸内に残った。教師たちも同様であった。「固い殻」は、少し口を開けて、語りかけてくれたのだ。有田さんがいう「私の大学」という意味が、少し分かりかけた。

誰がいうともなく、こうした「教育懇談会」をこれからも続けて行こうと決まった。

「こんな話したの、初めてだわ」

そういいながら、Y子の母親は上気した頬を両手ではさんだ。いつもより若く、そして可愛く見えた。

しあわせは俺らのねがい
仕事はとっても苦しいが
流れる汗に未来をこめて
明るい社会を創ること

保母セツラーが歌いだした。みんな席を立って、自然に丸くなり手をつないだ。

みんなとうたおう
しあわせの歌を
ひびくこだまを追って行こう

初めて握ったY子の母親の掌は、固くがさがさしていたが、温かかった。

母親の掌を強く握りながら、私は、いつか座りこみのテントで彼女と交わした「理論と実践」「大衆とは何か」の議論を反芻《はんすう》していた。

夏休みが終わりに近づいた頃、在京学生党員によるS・Kが開かれた。

第七回党大会によって、新しい綱領を採択し歩み始めた党に対する批判が、多くの同志から激しく述べられた。新セクト結成は、もう時間の問題であるようだった。

私は例によって、片隅に身を隠すようにして、黙然と座していた。

もうひとつの議題は、夏休み中の勤評闘争の総括だった。和歌山や高知に派遣された同志が、戦闘的に闘われた現地の模様を報告した。

続いて彼女が、目黒区の勤評共闘会議の組織活動を報告した。共闘会議の書記役を引き受け、区内の労組をオルグして歩き、区教組を中心とする共闘会議を組織した一夏の活動報告は、ひときわ高い拍手を受けた。

会議が果て近くの駅に向かって雑踏を歩きながら、珍しく彼女は、自分から私に話しかけて来た。

大学から地元の区に出て、大企業労組の支部や地域の中小労組を巡り歩いた体験を、彼女は興奮気味に語った。労働者の地域活動に興味を持ったようだ。

「私って、労働組合の書記に、とっても才能があるみたい」

「それは、いい発見をしたじゃないか」

「本気に、専従書記の道を考えようかしら」

私は拍手をして、彼女の笑顔に賛意を表した。

「夏休みっきりっていうのは無責任でしょう。だから、まだこの仕事、しばらく続けてみたいの」

「大賛成だよ」

「続けたいのには、もうひとつ理由があるわ」

頬から笑みが消えて、いつもの厳しい表情になった。

「もっと大きな発見をしたのよ」

「何だい」。私もつられて姿勢を正し、歩みを止めて向き合った。駅舎が目の前だった。

「目黒区の地域共闘会議は、区労協、社共両党、そして区内の学生自治会で組織されているの。もちろん主役は、区労協と区教組の労働者だわ。区労協の幹部や社共の代表は、全学連のオルグだというと、うさんくさい目でみるの。なんとなく敬遠していたみたい。でも、一般の組合員は、私を歓迎し、実に敏感に私たちのオルグを受け止めてくれたわ。末端の組織労働者には、闘うエネルギーがみなぎっていることを実感できたわ。これが一番の発見よ。ああ、彼等を起ち上がらせ、戦列につかせる正しい革命理論があればなあ。だから私、もう少しオルグを続けて、そこのところを確かめてみたいのよ」

一気にそう語って、彼女は同意を求めるように、私の眼を正視した。

「あなたの発見は？　K町の勤評反対闘争はどうだったの？」

私は、K町の父母集会のてんまつを簡略に伝えた。

「そう……」。眼が見開かれ、ありありと不満が示された。

「勤評は、基本的には、日教組――国労や炭労、鉄鋼労連と並ぶ闘う労働組合を弱体化し、日本の労働運動を右傾化し、もって反動化政策を押し進めようとする戦略でしょう。とすれば、いま必要なことは、闘う労働運動の構築でしょう。労働組合が、生産点でのストライキや果敢な街頭デモを闘う。中央のそうした闘いと呼応して、地域の組織労働者が起ち上がる。それによって、勤評反対闘争は、全国に広がって行くのよ。そのためには、地域の組織労働者を勤評反対という一本の糸で繋いで行くこと、つまり共闘会議に組織することだわ。それは、労働運動の末端で、閉じこめられている労働者の闘うエネルギーを結集することなのだわ。総評や社共の右翼日和見的な幹部の指導を乗り越えて、階級的労働運動を下から築いて行く道だと思うのよ」

「それは、勤評のひとつの面さ。勤評を、日教組への弾圧策、つまり労働問題として把えると、闘う労働組合の共闘が求められるだろう。勤評のもうひとつの面、つまり教育問題として把えるなら、広範な地域の父母が起ち上がらなければ、勤評を葬り去ることはできないと思うよ。そういう意味では、おれは、君に負けない大きな体験をしたよ。多分君は、勤評の本質をストレートに説いて、闘う組織労働者を発見しただろう。おれは、未組織労働者であるK町の父母の生活体験に耳を傾けて、地域活動の大切さを発見したよ」

「それは、いい発見をしたわねえ。でも厳しく言わせてもらうなら、あなたの地域主義は、かつての山村工作隊と同根の日和見主義よ。右と左の違いはあるけれどね。革命は、プロレタリアの階級闘争から生まれるものであって、地域活動や農山村の撹乱工作からは生まれないわ。地域が変われば日本が変わるなんていうのは、幻想よ。地域は、労働者の闘いがあってこそ、その余波を受けて遅れて起ち上がるのだわ。この原則を無視して、区の共闘会議の組織化をネグレクトし、K町の地域活動に埋没していたあなたは、やはり日和見主義の批判をまぬがれないわよ」

彼女がこんな調子で私を難詰《なんきつ》するのは、初めてだった。日和見主義などといわれて、おもしろいはずがない。私は、反論する気になった。

「そうかなあ。おれが日和見主義者なら、君は機械的原則主義者だよ。革命運動は、そう単純なものではないと思うよ。組織労働者の闘いを三角形の頂点に例えるならば、それを支える広大な底辺が必要だよ。頂点が突出するような鋭角三角形は、すぐ倒れてしまう。生活点での闘い、地道な署名活動、未組織労働者、自営業者、農民の闘い、地方自治体における住民の闘い——こういう分野の闘いが、幅広い底辺を形成すると思うんだよ。どっちが先なんて議論じゃなくて、どっちもきちんと取り組まなくてはならないんだ」

「どの分野でも闘いが必要なことは、認めるわ。でも、革命は図形ではないわ。運動よ。あなたは、革命運動の力学を知らないわ。三角形の頂点と底辺の例えこそ、卑俗な機械論じゃないかしら」

「君のいう革命の力学って、いったい何なんだ」

「あえて単純化を恐れずにいえば、革命の力学は雪山の雪崩と同じよ。尾根から転がり始めた最初の小さな雪塊が、やがて巨大な雪崩に成長して何もかもなぎ倒す。革命も、最初は真の革命理論で武装した少数派の闘いからよ」

「おれのが三角形の幾何学なら、君のは雪崩の物理学か。確かに単純だね。一点突破式の単純な思考だよ。おれ達、学生運動のなかで、そういう思考に慣らされて来た。学生運動を果敢に闘えば、戦闘的労働者の闘いを誘発し、やがて広範な労働者階級が起ち上がる。そして地域が一番最後から従いて来る。そういう思考にねえ、K町の住民はガツンとげんこつをくれたんだ」

「でも、革命の歴史が教えるのは……」。彼女は面と私に真向い、私の意見がもどかしくて堪らないというような苛立ちをかすかに見せながら反論して来た。

第一次大戦末期のロシア民衆の惨状、各地の工場・戦線・農場における労働者・兵士・農民の決起、レーニンの戦略と戦術、決定的瞬間におけるレーニンのスローガン（「すべての権力を労働者・兵士・農民の評議会へ！　平和！　パン！　土地！」「このスローガンを公然と否定するか、さもなければ蜂起か。中間の道はない」）、ソヴェト大会におけるボルシェビキの権力奪取、兵士・労働者による冬宮占拠、そしてプロレタリア権力の樹立。それが、革命のダイナミズムよ、と彼女は念押しした。私にはそれが、山口一理論文やリードの『世界を震撼させた十日間』を彼女なりに丹念に読み込んだ、しかし生硬な議論のように思えた。

つい数ヶ月前まで、私自身、そうした議論に熱中していたのだ。ロシア革命におけるその瞬間だけをフラスコのなかで純粋培養し、抽出されたエキスを半世紀後の日本の現状に振りかければ、東京の国会議事堂前にペテログラードの騒擾《そうじょう》を創りだすことができると、ロマンチズムを燃やしていた。同じ渦に身を置きながら、いつか彼女と交じわした論争を思った。去年の晩秋のことか。自治会委員長の処分に反対して、学寮前のテントにともに座り込みをした時だった。セツルメントの地域活動について話していたら、理論と実践を巡る議論になった。あの時も意見が合わなかったが、今はもっと決定的だ。一夏の体験をへて、二人の「革命理論」の間に、深い落差ができてしまった。埋めがたい溝だ。

そんな思いに駆られている私に、彼女は論法を変え、追い打ちをかけるように断言した。

「学生運動の先駆的役割を、あなたは軽視しているわ。でも歴史的に見たら、学生運動や革命的インテリゲンチャの運動が社会を決定的に揺り動かすことがあるのよ。中国の五・四運動だって、いまキューバで進行しつつあることだって。そんなこと、あなただって先刻承知のことでしょう。そういう確信をもって、わたしたち学生運動を闘って来たんじゃないかしら」

歴史の直訳のような議論は止めにしようよ、といいかけて、私は口をつぐんだ。私が議論したかったのは、同じ勤評反対のとりくみのなかで、彼女が発見した目黒区の労働者階級と私が発見したK町の民衆とを、どう統一的に理解したらよいか、ということだった。それは、二人の体験を突き合せることによって、職場と地域、生産点と生活点、階級闘争と住民運動との、互いの補強の関係を探ろうという論争のはずだった。革命的ロマンチズムの衣は、そっと脇に脱いで置いて、革命的レアリズムの精神をもって冷静に、階級と地域の力関係を分析する議論、三角形の図形と運動の力学をどこかで交差させる議論をしたかった。

しかし、彼女の昂ぶりの前に、私は議論を放棄した。世界の革命史から離れたこうした地味な問題は、今の彼女に似合わない。論争も噛み合わない。

「おれ、これからバイトに行かなくちゃあならないんだ」。ほんとうに時間が迫っていた。

「今日は終わりにしよう。それにしてもお互いまだ発展途上の人間だろう。マルクスやレーニンを読み噛ったぐらいで、断定的な物の言い方は止めにしようよ」

「その点については、わたしも賛成だわ」

やっと彼女の表情がゆるんだ。

「発展途上なんだから、試行錯誤は当然なんだ。君の議論を聞いていると、なんだかえらく焦っているみたいだよ。目前の課題に集中し過ぎだよ。人生も革命運動も長いんだ。遠い先を冷静に見つめ、ゆっくり歩く。君には、そういう時間が必要だよ」

「あなた、いつから仙人になったの」と、彼女は笑った。

「幾何学の後には、人生論を説くわけ？　こういっちゃあなんだけど、わたしの方が人生の先輩よ。わたしから見ると、あなたはゆっくり歩き過ぎだわ。のんびり屋よ」

「そうかなあ」

「そうよ。それは、情勢をきちんと把握していない証拠。階級闘争に対して、怠慢だからよ。マルキシズムに対して真摯《しんし》じゃないからよ」

彼女の顔が笑っていたので、私はもう反論する気になれなかった。

「でも、わたしは思うの」。急に、笑いが消えた。「来年か再来年か、日本の労働者階級が総決起し、国会が労働者、農民、青年、婦人、文化人によって騒然と取り囲まれる日が来るわ。その時、求められるのは何だと思う？」

私の返事を聞く眼ではなかった。自問自答するように、彼女は自分の内側を見つめる眼差しになった。

「真のボルシェビキよ。そして雪崩を起こす革命の力学」

その時、駅舎脇の踏み切りが鳴った。彼女の乗る電車が近づいたのだ。

「その時、わたしは、なだれを起こす最初の小さな雪塊になりたいわ」

私にいい捨てたのか。自分にいい聞かせたのか。定かではない。確かなのは、さよならもいわず、手も振らず、昂ぶった活発な背中を見せて、駅の階段を駆け上って行ったことだ。

電車が走り去った方角のビル街の空を、雷雲が覆い始めていた。都会の空に、入道雲だけは、信州の山岳から発生する積乱雲に似ていた。

私は、ホームに立って、雲の成長に見とれていた。あの勢いからすると、まもなく、雷鳴とともに激しい雨足がやって来るはずだ。

夏の終わり、訪米した藤山外相は、ダレス国務長官と会談し、安保改定についての同意を得た。米国が「日本防衛義務」を負うかわりに、日本が憲法第九条改定も視野において、アメリカの基地と軍事行動に協力しようという同意だった。

そして岸は突如、十月の国会に、警職法（警察官職務執行法）改悪法案を提出した。

安保改定に向けて地ならしをするため、労働運動や学生運動を強圧的に取り締まろうというこの弾圧法の改悪は、戦前の治安維持法の復活を思わせた。労働者の激しく、幅広い憤激を呼び起こした。戦前の記憶のなまなましい一般の市民も起ち上がった。そして無党派の多数の学生たちの怒りも、燃えひろがった。

十一月四日、国会では、法案審議・採決のため野党の反対を押し切って一方的に国会会期延長が強行された。

夕刻この暴挙が伝えられると、私たちは一斉に学寮の一部屋一部屋を廻って、オルグを開始した。

寮生たちの反応は、驚くほど敏感だった。そして寮食堂でおこなわれた夜間の抗議集会に、連休中にもかかわらず在寮生のほとんどが結集した。五百名が寮食を埋めつくす光景は、初めてだった。ある者は朴とつに、ある者は熱狂的に警職法への反対の意思を語った。拍手、喚声。ときに野次や怒号が飛び交うこともあったが、民主主義を投げ捨てようとする政治勢力への強い憤りが、寮食の天井を揺るがした。

集会が果てたのは、夜半十二時を回っていた。私たちは、直ちに行動隊を組織し、国労スト支援のため、品川駅に向かった。

十一月五日。その日は総評によるゼネストが予定されていた。炭労、全鉱、全金は二四時間ストで、国鉄、私鉄、港湾などの労働者も部分的に交通・運輸を止めるストで起ち上がった。占領軍の指令で中止になった四十七年のあの二・一ゼネストでも実現できなかった歴史的な政治ゼネストが開始されようとしていた。

国電の始発時間が迫っていた。国労の行動隊員と鉄道公安官が、信号所と信号手の争奪を始めた。続いて運転手の争奪も。学生の他に東京地評の労働者も続々とつめかける。

デモ隊は、駅前の広場に、改札口に、ホームに溢れかえり、座り込み、シュプレッヒコールを繰り返し、国労のストを防衛する。早朝の乗客を説得する。

品川駅を通る国電は、完全にストップした。いつもなら次々に発着する電車の轟音とアナウサーそして乗降客の騒音に満ちるホームが、今朝はデモ隊の人波とシュプレッヒコールに満されていた。電車の通らない線路だけが入り組み分岐して、奇妙な空間を構成していた。その空間を国労の行動隊員が、きびきびと動き廻っていた。

プロレタリアートの生産点におけるストライキ闘争の威力を、私は、目の当たりにまざまざと見た。「鉄路の闘い」——国労の戦闘的労働者は、首都・東京の大動脈を完璧に止めた。鉄道を動かしているのは、国鉄の当局でも職制でもない。国鉄の労働者だ。眼前のこの光景は、その事実をありありと示していた。

大衆運動への政治的弾圧と民主主義の破壊をもくろむファッショ勢力に対して、日本の労働者は、ゼネストをもって対峙した。生産と政治の主人公はいったい誰なのかを、見事に主張した。

ストが解除され、品川駅前での大集会を終えて、デモ隊は国会へ集結した。国会を包囲する一万人の労働者と学生の渦巻き。数百人の学生は、議員への面会を求めて、議員面会所に入り座りこんだ。

警職法粉砕!

国会解散!

岸内閣打倒!

夜学連の学生が合流して、デモ隊はさらに膨れ上がる。機動隊との小競り合いが始まる。学連歌、労働歌、シュプレッヒコール。デモ隊は激しくジグザグを繰り返して、機動隊を押しまくる。

大群衆は、果てしもなくどこから湧いて出て来るのか。国会の周辺をこれほどのデモ隊が埋め尽くす光景を、私は初めて見た。

その時、人民に包囲された国会の内部では、「警務法改正案審議未了」という妥結が話し合われていた。

警職法は挫折した。

だが、同じ国会で論戦が始まった安保問題への国民の目を転換させるかのごとくに、皇太子の婚約にマスコミは熱中した。

「全学連はついに労働運動の革命的左翼と共闘した」。S・Kの冒頭に、同志鳥山はそう切り出した。

日本のプロレタリアートは、自らの実力行使によって、ブルジョアジーの政治攻撃をはねかえし、警職法を粉砕した。炭労・国労などの敢然たるストライキは、支配階級を恐怖に陥れ、また革命運動、労働運動の日和見的幹部を震撼させた。この闘いは、プロレタリアートにとって、階級闘争の学校であった。総評の下部労働者は、自らの闘うエネルギーに目覚め、労働運動の最前線に革命的左翼を形成しつつある。

「こうした情勢のなかで、彼等が痛切に求めているものは何か。それは、階級闘争を指導できる理論と現実的な能力を備えた真の革命的な指導部の結成である」

そう締めくくって、鳥山の長い報告は終わった。

「しばらく休憩して、続いて『プロレタリア通信』第四号の討議に入りたい」

司会者が宣言するまでもなく、会場はざわついた。これから何が始まろうとしているのか、誰もが分かっていた。

S・Kは、最後の解体の過程に入っていた。鳥山に対して強固な反対意見を持つ者は、すでに出席しなくなっていた。彼等は、どこに行ったのか。新たな再建のとりくみが、どこかで始動しているのか。その兆候を、私は見つけることができなかった。

鳥山を左から批判する者たちも、この場にいなかった。彼等は、すでに別のセクトに移行しつつあるようだった。

S・Kに残っているのは、鳥山などへの同調者だけではなかった。「日和見主義者」「中間分子」と批判されながら、なお学生運動の統一と発展の可能性を求めて、踏み止まっている者たちもいた。私もその一人だったが、Ｓ・Ｋの最期を見届けて席を立ちたいという意地のようなものに支えられて、その場に沈黙していた。

『プロレタリア通信』第四号は、学生運動の表舞台の、また影のリーダーとして有名な今茂郎が執筆した「最近の学生運動について」というレポートを掲載していた。

Ｌ・Ｃ候補になった時、私はＬ・Ｃのある同志に伴われて、この伝説的な人物を小さな借家に訪ねたことがある。彼から直接教えを受けるのは、将来のリーダー候補に挙げられた者の特権だ、と私を伴った同志がいった。

彼は大学当局から処分を受けて、その時医学部を休学中だったか。表舞台のリーダー役は遠山委員長などに譲って、専ら陰の理論的指導者として知られていた。学生運動の同志だった奥さんが茶を出してくれた。忙しい身なのにわざわざ数時間を割いてくれた彼に、私は好感を持った。都会派のスマートな論客を予想していたのに、彼のイメージは違った。弁舌に長けたアジテーターでもなければ、理路整然と弁論を操る理論家とも違った。陰で学生運動を動かす権謀家のような不敵さ、不遜さも感じられなかった。自宅でくつろぐ彼が見せた素顔なのか。それとも、その時、別の素顔を見せなかっただけか。

彼が新セクト結成の中心人物の一人であることは、周知の事実であった。

「学生運動の転機はもはや言葉ではない」に始まり「革命的左翼の結集を組織せよ」で終る数頁の今レポートは、公然と激越に新セクト結成を呼びかけたものであった。

何日か前、L・Cのメンバーの一人から手渡されて読んでみたが、それは熱狂的な闘争宣言であった。あの素顔の彼のどこに、この熱狂が隠されていたのか。熱狂は、彼の役割ではなかったはずだ。少なくとも新セクト結成を呼びかけるならば、彼らしくがんとした冷徹な文脈を列ねるべきではないか。

もしかしてこれは、今の手になるものでなく、何人かの執筆を伝説的な人物である彼の名で発表したものかもしれない、と思ってみたりした。

いずれにしろ激越な言葉は人を熱狂させるが、熱狂は冷めやすく、分解しやすい。熱狂は、もっと過激な熱狂を呼ぶ。今レポートに、私はそんな危惧を感じた。

私に今レポートを手渡したL・Cのメンバーは、情報通らしく、私にこう耳打ちをした。

「新セクトの結成は、もう時間の問題だ。名称も決まったよ」と。

それから彼は、山口一理、今茂郎、平岡、森川、時田……などの名前を挙げた。「彼等が指導部を形成するんだ」と、彼はいった。そして急に声をひそめて私に告げた。

「この新組織のもとで、誰かが命を落とす。指導部はそこまでの覚悟をして、革命の道を切り開こうとしているんだ。これは、まさに命をかけたゲバルトの闘いなんだ」

誰かが命を落とす！　その覚悟をした指導部の誰が？　だが、いっときの嵐が吹き荒んだ後、命を落としたのは彼等ではなかった。彼等のある者は、大学教授となってアカデミズムに身を置き、アメリカに留学して国際的な経済学者となり、異国に空しく事故死して果てた者もいる。政治評論家に転身してテレビに登場し、地方都市のホテルの大ホールで、金屏風を背に、地方財界人に向かって政界の内幕をとくとくと語るのを業とする者もいる。一開業医として僻地の診療活動にとりくむ今茂郎は、別格というべきか。

「しばらく休憩して、続いて『プロレタリア通信』第四号の討論に入りたい」

司会者がそう宣言した時、会場のざわつきのなかに、一人の学生が立って声を張り上げた。

「異義あり！　それは、S・Kのやるべきことではない」

いつも寡黙な、小柄な、真面目一徹な高野が顔を紅潮させていおうとしていることが、即座に私に伝わった。同じく座の一同にも。

「ナンセンス！」

「日和見主義者は、戦列を去れ！」

怒声が、高野を取り巻いた。直立して彼は発言を続けたが、怒鳴り声にかき消された。

「ぼくは、ぼくは……」。高野も負けてはいなかった。「ぼくは、この会議をS・Kと認めない。ぼくは今日限り、君たちの集団を去る」

「高野よ、お前は前衛に名を借りた裏切者に同調するのか」

「出て行きたい者は、勝手に出て行け！」

怒声を背中いっぱいに浴びて、高野は座を蹴って部屋を去った。振り返りもしなかった。数人の学生が、黙々と彼に続いた。

後に高野は、経済学部を卒業して、大手の電気メーカーに就職した。幹部候補生の彼がとりくんだのは、労働組合活動だった。しかし、会社側と労使協調路線の組合は、それを許さなかった。彼は会社と組合の両方から激しい思想差別を受け、一労働組合員として闘いながら四十数歳の生涯を終えた。

しばらく間を置いて、三、四人の学生が座を去った。

私は……。

私はどうするか。去るか、残るか。

「他に去る者はいないか」

鳥山がいった。断罪の宣告をするような冷たい響きだった。

みなの視線が私に集まった、ような気がした。

去るか残るか。

去ることは、ともに激しく学生運動を闘って来たこの仲間たちとの決別を意味した。

残ることは、この運命共同体に一層身を沈め、見通しのない熱狂に突き進むことを意味した。

「有田さん、おれはどうすればいいんですか」

自分に問うのでなく、胸の内で、K町の有田さんに問うた。けれども、有田さんが答えるはずはない。

「答えは、自分で見つけるんだよ」と、ただ穏やかに笑っているだけだ。

仲間との友情？　運命共同体？　そんなものは、選択の基準にはならないよ。

胸のどこかで、別の自分がいった。

去るのは卑怯？　残るのは勇気？　そんな心情も捨てろよ。その声はいった。

君は、いまこの場で明快に決断を下せるような人間なのか。そんな理論も実践も持ち合わせていないくせに。迷いは、当たり前だ。そういう時には、一歩退いて、もっと冷静に、もっと客観的に、自分を正視するってものではないか。

君がほんとうにやりたいことは、何なんだ。激しい街頭デモか、地道な地域活動か。

去ることは、戦列を離れることではない。この場を去ること、それが勇気だ。高野が引き返して来て、大声で呼んだような気がした。

君は、いまもこれからも、日本のプロレタリアートの息子だ。K町の民衆から学ぶ気持ちが大切なんだ。有田さんの声が聞こえた。

英穂やい、お前はあととりだで、父ちゃんや母ちゃんのことは頼むでな。これは、老いた父母の声か。

私は、緩慢《かんまん》に席を立った。椅子に粘り着いた鳥モチから身を引き剥がすように。そして私が最後だった。

会場の入り口近くに座を占めていた彼女と、目が会った。

あなたも？　そう問いかけた眼を彼女はすぐに反らした。皮肉っぽく結んだ唇の端に、嘲笑がうかんだ。無視が彼女の答えだった。

　　卑怯者　去らば去れ
　　　我等は赤旗守る

背中で誰かが、すっとんきょうな声で歌いだした。
その揶揄《やゆ》に向かって、私はつぶやいた。Ｓ・Ｋは解体した。おれはおれの道を探す。君たちは、君たちの事業を始めろ！

一九五九年の年が明けて、私は、教養学部に留年を決めた。あんなに全学ストを、試験ボイコットを叫んでいた自治会のリーダーたちは、叫んだことを忘れ、苦もなく単位を取って、専門学部に進学を決めた。

信州の親には、「一年留年します」と簡単な文面のハガキを書いた。「落第しただかや」と嘆く父母の顔が浮かんだが、金銭面で負担をかけるつもりはなかった。三つかけもちの家庭教師のバイトのペイで、なんとかやって行けた。

Ｋ町セツルメントにも、学生運動の路線問題が、複雑に影を及ぼしていた。
セツラーの間に、学生運動のあり方をめぐる意見の相異があらわれて来た。しかしサークルのなかでその論争を闘わすことを、セツラーたちは慎重に避けた。

その代わり、セツル活動にあきたらない者は、都学連中執など学生運動の前線へと、セツルメントを去った。

労働者の町でセツルメント活動を！　そう意気込んで金属・化学関係の労働者が居住する品川区の労働者街を調査したが、セツラーを受け入れてくれる新たな地域は、見つからなかった。

私たちは、K町の活動拠点を残しながら、川崎市のF町セツルメントへ参加することを決めた。N鉄鋼の労働者住宅が軒を列ねるF町のセツルメントは、診療所やレジデンス（セツルメントの独立ハウス）を持つ歴史の長い活動にとりくんでいた。N鉄鋼労働組合は、鉄鋼労連のなかの最強組合で、地域で「労働学校」など青年労働者の学習活動に積極的にとりくんでいた。F町セツルメントは、「労働学校」にも協力していた。

私は、キャンパスの学寮を出た。F町に近い木賃アパートの六畳間を借りて居を移した。K町の子どもたちと、お別れ会をやった後、私は有田さんを訪ねた。有田さんは、コンロに炭火をおこし、すき焼きを整えて迎えてくれた。

「めでたい、めでたい」。それが有田さんの口癖だった。

「君は、K町で十分に学んだんだ。君は、K町を巣立って行くんだ。めでたい、めでたい」

奥さんと三人の男の子たちもすき焼きを囲んで、質素だが賑やかな晩餐が始まった。

酔いがまわるにつれて、有田さんは「めでたい」を連発した。その一言にこめられた有田さんの思いが分かって、私も飲めない茶碗酒を重ねた。

有田さんが酔い潰れてしまったので、私は部屋を辞した。男の子たちは、とっくに隣室で重なり合って眠りこけていた。

奥さんが住宅棟の出口まで送ってくれた。

「こんなに酔ったお父さんは、久しぶりだわ」

奥さんは申し訳なさそうに腰を曲げた。「嬉しいんだけれど、ほんとは淋しいんだわ」

大通りに出て振り返ると、私を育ててくれたK町の巨大な木造棟の建物群は、三月の闇のなかに、深く寝静まっていた。


一九五九年二月、安保改定「藤山試案」が発表された。それは、驚くべき内容だった。沖縄、小笠原は米軍の施政権にまかせ、日本の防衛義務を負う米軍に対する武力攻撃に日本は共同防衛の義務を負う。在日米軍の使用・配備・装備は日米間の協議事項、海外派兵は事前協議とするというが、米日の力関係からいえば日本に拒否権などあろうはずがなかった。共同防衛の範囲が「極東」まで拡大するのは明らかだった。日本はアメリカの核戦争の最前線基地になり、核を積んだ米軍の爆撃機や艦船が、日本の基地や港湾に好き勝手に出入する。ソ・中・朝の社会主義国を恫喝し、アジアの国々を支配下に繋ぎ留めようという米日の戦略が明瞭だった。

三月、広範な反対勢力を結集して、「安保改定阻止国民会議」が結成された。全学連が参加する「青年学生共闘会議」も、その一員だった。

四月が巡って来た。

セツルメントの同年生の仲間も、かつてのS・Kの同志たちも、それぞれ専門の学部に進級して、キャンパスを去った。

彼女は、志望どおり文学部の国史科に進学した。

私は、教養学部に残り、新しいF町セツルメント活動に没頭した。

彼女とはますます疎遠になった。

学生運動は、まだかろうじて統一が保たれていた。今までのような活動家としてではなく、一学生として、私はデモに通った。違う隊列の彼女と何度か顔を合わせたが、口をきくことはなかった。彼女は、かつての同志たちとともに、新セクトの旗を掲げる集団のなかにいた。そのセクトの事務局員として、彼女は活動しているらしかった。いかにもひたむきな彼女らしい選択であった。あんなに没頭したがっていた日本史の勉強を後回しにして、彼等の当面の政治目標と行動に自分自身を捧げようというのか。

「来年か再来年か、国会が騒然と取り囲まれる日が来るわ」

「その時、わたしは雪崩を起こす最初の小さな雪塊になりたいわ」

去年の夏の終わり、勤評闘争について論争した別れ際に、彼女が語ったその抜き差しならない道へ、自分を駆り立てているような気がした。

そして、激動の歴史は、「その日」に向かって、確実に転がり始めた。

四月十五日、安保改定阻止国民会議による第一次統一行動がおこなわれ、「私達日本国民は『再び戦争を起こさない』という誓いの下に、安保条約の改定に反対することを宣言します」との中央集会宣言が採択された。

再び戦争を起こさない――政治の支配者に対して、安保改定を謀る勢力の目論みに反して、ことばが、これほど国民を深く把え、奮い立たせたことはない。

全国のいたる所に「地域共闘会議」が結成された。

統一行動を重ねるにつれて、労働者のストや時間内職場集会が拡がった。中央集会は、学生や労働組合員、文化人や市民でふくれあがり、国会周辺は、デモ隊の抗議の声で取り囲まれた。商店の主人、農家のおやじ、主婦、高校生まで参加するようになった。

右翼がなぐりこみをかけ、小競り合いが起こった。政治の裏の世界に蠢《うごめ》く闇が、動き出したのか。

機動隊の隊列も部厚くなった。装甲車やトラックが、前面に据えられてデモを威圧した。全学連の現場リーダーの幾人かが、その場で逮捕されるようになった。

十月、第七次統一行動のさなか、隊列のなかにいた私まで、不当な拘束を受けた。身に覚えのない指弾をされて、機動隊に隊列から引きずり出された。いかにも柔道の猛者《もさ》という大男が、襟首を掴んで地面に投げ倒した。数人がかりで後ろ手に捩じ上げられ、丸ノ内署に連行された。

抗弁をしたが、聞き入れられなかった。

抗弁が反抗的と見られたのか、いきなり悪罵がとんで来た。腕を背中に回されて手錠をかけられ、パトカーに押しこめられた。そして、連れて行かれた所は警視庁だった。ベルトと小銭など所有物の一切を取り上げられた。捩じ上げられた痛みで、肩を持ち上げることができなかった。弁解録取書を取るから、意見を述べて署名しろという。私は、弁護士の接見を求め、黙秘した。

夜遅く、留置場に放りこまれた。

翌朝、指紋を取られた。抵抗して両の指を握ると、数人の係官から恫喝され、寄ってたかって指を開かされた。墨をべったりとつけられ、捺印させられた。十本の指すべてである。次は、椅子に座らされた。正面と横から、顔写真を撮るのだ。シャッターが押された瞬間、私は目をつぶり、舌を出した。それが私の抵抗だった。

調べは断続的に、終日続いた。

デモの一参加者に過ぎない私を絞り上げたとて、話すこともなければ、出て来るものもない。私は、沈黙を守った。

午後、弁護士と面会できた。黙秘を貫いているというと、多分二晩か三晩で釈放されるだろう。私も努力するから、それまでがんばれと励ましてくれた。

頑丈な金網で通路と隔てられた留置場は、五人の雑居房だった。管理売春、窃盗、置き引き、詐欺、無銭飲食が罪状だと分かった。管理売春のでっぷり太った中年の男が、同房者を取り仕切っていた。起床後、食事の前、就寝前などに点呼が取られた。正座して房内に整列し、番号を呼ばれて、大声で「はい！」と答えるのだ。私が無言で答えないと、同房者に連帯責任が及ぶ。私は、仕方なく、「うふっ！」と答えた。

食事は、でこぼこのアルミ食器に麦飯と粗末な一汁一菜だった。飯に不服はなく、私はすべてを平らげた。

房の片隅に、水洗の便器があった。便器の前に、小さなコンクリートの衝立てが取付けられていて、かろうじて尻を隠した。しかし、同房者の面前で用を足すのは、屈辱的であった。新入りの私が、便器の清掃を受け持たされた。それは当然であった。

同房者は、時々呼び出されて、取り調べを受けた。彼等は、司直に驚くほど卑屈で、憐れなほど腰を低めた。

夜になると、露骨な猥談が始まった。自分の女との体験を明からさまに語って、欲望を発散させていた。

夜の点呼を終えて、雑魚寝の寝具が延べられた。布団は薄く、何百人かの犯罪者たちの汗と涙の臭いがしみついていた。

取り調べに当たった公安官は、恫喝はしなかった。むしろ、優柔といった方がよい。世間話や天候の話などを持ちかけて来る。自分の郷里の話や東京のせち辛い生活の苦労話をする。ちょっと気をゆるめると、いきなり「あんたの郷里はどこ？」と尋ねるのだった。私は、さしさわりのない雑談にも応じることを止めた。

「あんた等は、信念に基づいて行動しているから、立派だよ」ともいった。「だから、自分の信念を堂々と述べることは、恥でもなんでもない。ひとつあんたの主張を聞かせてくれないか」と続けた。それも、彼の手慣れたやり方にちがいなかった。

時に、最近逮捕された全学連幹部たちの名前を挙げた。

「リーダーは黙秘を通していると、あんたは思うだろう」

彼は、机の上に、幾束かの書類を投げ出して、ぱらぱらとめくってみせた。

「ほら、これはNやRの供述書だよ。ちゃあんと署名し、指紋を押印してある」

Oの名前も挙げた。

「彼は立派だったよ」といった。「黙秘をして十何日目だったかな」

郷里から、母親が心配して上京したんだ。母親の気持を汲んで、面会させてやったねえ。女手ひとつで、百姓をしながら息子を育てたんだ。腰の曲がった年老いた母親でねえ。息子と面会しても、何もいえないで帰って行った。母親が差し入れたカツ丼を出すと、Oは突然泣きだし、丼の上にはらはらと涙を流したよ。Oが取り調べに応じたのは、それからだよ。

ほら、これが○の調書だ。署名と捺印があるだろう。

今度は浪花節か。

そう思いながら、私は沈黙の鎧《よろい》を固めて、身を守った。

次の日の一番に呼び出された。その部屋には、十数人の被疑者が集められていた。検事から判事の前に、連行されるのだ。彼等は腰縄に結わえられ、じゅず繋ぎとなって部屋を出て行った。

「政治犯を腰縄というわけには行かないからなあ」

振り向くと、公安の取り調べ官が立っていた。

「その代わり、これで頼むよ」

彼は、私の右腕に手錠をはめ、自分の左腕と繋いだ。袖を下ろし、繋ぎ目にハンカチをかけた。

「温和しくしてもらうよ」といって、私を促した。警視庁の裏口を出て、ビルの裏手から裏手へ。人目を避けるこの道が、いつもの彼の通路だったようだ。人目につかないといっても、白昼の路上の手錠は屈辱だった。若い検事の前に据えられ、手錠をはずされた。

検事がお決まりの尋問を始めた。

私は、返答を拒絶した。刑事と検事は、国家権力だ。だから黙秘を貫く。判事は、制度上は弾圧者とはちがう。だから判事の前では、不当逮捕であることを主張する。

そう私たちは、逮捕された際の心得を教えられていた。

若い検事は、お説教に転じた。

ぼくも学生時代は、学生運動に熱中したよ。かなり過激にねえ。運動を通じて社会正義に目覚めたから、ぼくは検事の道を選んだ。いくらでも可能性がある君たちが、つまらない傷を負ってつまづくのは、馬鹿らしいじゃないか。ぼくは君たちを救いたいんだ。そこの所を冷静に考え給え。

私は、検事の目を見て、首をふって拒絶を示した。

こんな些末な事件にかかずらわっていられない。そういう態度を明らかに露出して、検事は席を立った。

釈放を言い渡されたのは、その日の夕方だった。

「初犯だから、今回は大目に見よう」。取り調べ官は、恩着せがましくいった。

「次に逮捕された時は、こうは行かないよ。それを忘れるなよ」

彼は、最後に恫喝《どうかつ》の表情を覗かせた。

二晩の間にかすかな連帯意識が生じた同房者たちが、「出所」を喜んでくれた。

「しゃばに出たら、おれの女に電話をしてくれないか」

窃盗の男が、私に電話番号と用件を告げた。いつごろ出られるから、待っていてくれという他愛もない用件だった。

セッラーの仲間たちが差し入れてくれた下着類を携えて、三日ぶりに自由の空気を吸った。

電話番号を忘れないうちに、私は公衆電話に寄った。通話先は、バーかなにかのようだった。

女の名前を告げると、その女は半月前に辞めていないといって、バーテンダーらしい男の電話が一方的に切れた。

川崎のアパートに帰る電車のいくつか手前の駅で降りた。自由の身になったことを、真っ先に操代に、報告したかった。操代は、女子大の栄養学科の四年生で、F町セツルメントの栄養部のリーダー格だった。

木賃アパートの玄関で、操代の部屋のブザーを押した。とんとんと活発に階段を下りて来た操代は、私に目をみはった。

「うれしい」と笑いかけ、それから「お風呂にいっていらっしゃい」と命令口調でいった。

銭湯から帰って来ると、夕食の支度ができていた。ビールを飲んで酔いつぶれた私は、その四畳半の部屋に泊った。

十一月二十七日、第八次統一行動日。

この日未明、自民党は、南ベトナムに対する賠償協定を強行採決した。

戦争被害の大きかった北ベトナムを除外した一方的な協定は、安保の本質を浮き彫りにするものだった。

午後三時、国会に通じる三つの道路は、八万人のデモ隊で埋めつくされた。装甲車やトラックをおし並べて、坂の上を機動隊は完全に封鎖した。デモ隊の後続部隊が後から後から押し寄せた。機動隊の壁に阻まれて、デモ隊の密度が圧縮された。

「今日こそ国会へ突入して、岸を引きずりだそう！」

デモ隊の上を言葉が飛び交い、それがきっかけとなった。圧縮の極に達したデモ隊は、一気に膨張した。装甲車の間に激流となって流れこみ、機動隊の壁を押しやって、国会正門に迫った。激流の最初の一撃で、国賓しか通行を許されないという国会正門はあっけなく開かれた。ダムの一角が崩れたのだ。放流水はもう止めようがない。次から次へ、正門を押し広げて流れこむ。塀を乗り越えて合流する。労働組合旗と学連旗が渦巻きのようにゆれる。シュプレッヒコールが、白亜の大理石に反響する。そして遂に、三万人のデモ隊が、国会構内を占拠してしまった。

私も、その渦のなかにいた。私は、半信半疑だった。デモ隊のほとんど誰もが信じがたかっただろう。

「神聖な国会」の正門が、こうも簡単に押し開けられたのだ。安保粉砕、岸内閣打倒、国会解散を叫ぶデモ隊が、自然の流れのように国会に押し入ったのだ。そしてデモ隊は、国会議事堂への大階段を駆け上り、赤旗をひるがえす。

その光景は、信じがたかった。だが、私は、そのなかにいる。

これが、闘う人民のエネルギーなのか。自然発生的なエネルギーの爆発なのか。誰が、導火線に火をつけたのか。機動隊は、デモ隊のエネルギーをみくびったのか。それとも意図的に後退して、爆発を黙認したのか。

信じがたいのは、信じがたい光景のなかに、確かに私はいた。

だが、信じがたいのは、デモ隊ばかりではなかった。

遅れて国民会議の宣伝カーが、構内に乗り入れた。そして、宣伝カーの上から、幹部たちが、集会の終了と解散を指示した。続いて、社共両党の幹部も。

解散反対を叫ぶ野次と怒号。宣伝カーに駆け上って抗議する労働者。

しかし一方、自らが引き起こした事実への奇妙な当惑が、デモ隊の上に広がった。

間もなく機動隊が、棍棒と催涙弾で鎮圧を開始する。自衛隊に治安出動の命令が下った。

そんな噂が、会場を駆け抜け、当惑を膨らませた。

興奮は、急速にしぼんで行った。

全学連のリーダーたちが、大理石の階段に立って、集会続行のアジ演説を繰り返した。

　労働者階級の血のなかに流れる革命的エネルギーが、遂に爆発した！

労働者と学生の連帯に基づく実力闘争のみが、安保を粉砕する！

日和見的、裏切り的幹部を乗り越えて、断固前進しよう！

旗を巻いて退散するか、断固座りこんで集会を続けるか、道は二つに一つだ！

階段に近い辺りで、かつての同志たちが学連旗を振り、拳を突き上げて、盛んに同調の気勢を上げていた。

遠巻きに囲む全学連のデモ隊のなかから、私は彼等のアジ演説を聞いた。「この場にいた」「この光景を目撃した」という事実は、全学連の幹部のように、私には浮揚感をもたらさなかった。

反対に、この重たい現実は、なぜか私を冷静な思いの沼に沈めていた。

背後で、波が引くような勢いで、労働者の隊列が、この歴史的な舞台から静々と退散して行った。

そこに、ぽっかりと大きな空洞が生じた。

「国会が騒然と取り囲まれる日が来るわ」

いつか彼女がいったその日が、ついに来たのだ。

彼女は、どこだ。今この情景の最中にいて、昂揚しているのか。沈思しているのか。

デモ隊のなかに彼女の姿を探したが、人混みにまぎれて見つけることはできなかった。

「ちょっと、そっちへ寄れよ」

町田が頭上から声をかけて、促した。キャンパスの売店からコッペパンと牛乳を購って、ほど近いベンチで、遅い昼食をしていた時だった。

かつては、同志町田だった。今は、新セクトのメンバーだ。お喋りで無遠慮な奴、しかしアジ演説の能力を買われて、都学連の常任に派遣されている。

彼には、もうひとつ、特異な能力がある。人に金を借りて、すぐに忘れるという特技だ。飯代を何回か貸してやって、返してくれた例はない。彼は、すっかり忘れているだろうが。

一一・二七の責任を追求されて、全学連書記長の水上と法学部委員長の富山に、逮捕状が出されていた。二人は逮捕を逃れて、学内に立て篭もった。教養学部内の学寮には、水上が身をひそめていた。大学の自治に関わることなので、警察当局は手を出しかねていた。

どういうわけか、水上と富山は、私の分類によれば、二人とも「田舎派」だ。都会派の理論的指導者たちは逮捕を免れて、田舎派の現場監督が責任を追及される。

大学側は、厄介者を退散させたがっていた。だから学内に緊張が高まっていた。町田は、どうやらその闘いを指導するため、都学連から派遣されて来ていたものらしい。

私が横へ移って開けた場所へ、町田は、どかりと座った。

「たばこあるか」

いつもの調子で要求した。しんせいの箱を差し出すと、彼は二本取り出し、一本を胸のポケットに収め、一本に火を点けた。

「どうだ、戦列を離れ、留年して、学業に専念しているのか」。煙を吐出しながら、なんというぶしつけないい方だ。

私は、町田を無視して、コッペパンを噛った。

「一一・二七に君は行ったのか」

「行ったよ」

「あの闘いを、君は、どう評価する?」

答えを求める聞き方ではなかった。

「安保闘争の観点からでなく、日本プロレタリア革命の観点から、徹底的な総括が必要だと、ぼくは思うんだ」。そういって無遠慮にたばこの煙を、私に吹きかけた。「一一・二七は、日本革命のタイムスケジュールを一歩速めた歴史的な日として、歴史に刻まれるよ。君は、そう思わないか」

私の返答にかまわず、彼は続けた。

「ぼくの関心は、一一・二七を、ロシア革命のどの段階に位置づけるかという点だ」

大胆にいえば、いままさに、一九一七年の二月革命の火ぶたが切って落とされた。第一次大戦の末期的情況のなかの二月、パンと平和を求めて、ロシアの民衆はツァーリ権力を打倒して臨時政府を誕生させた。臨時政府は新旧勢力の寄せ集めなのだが、実質的な指導者は、エスエル（社会革命党）の社会主義法律家ケレンスキーだよ。同時にロシア民衆は、全国各地の工場に、兵営や塹壕《ざんごう》・軍港に、地主の支配する農村に、労働者・兵士・農民評議会つまりソヴェトを組織した。二重権力がロシアの大地に出現したんだ。ソヴェトの主力は、エスエルやメンシェビキが主流派で、真の革命的ボルシェビキは少数派に過ぎなかった。レーニンは、まだスイスに亡命していたんだ。ケレンスキーは、無力だった。パンと平和を何も解決できず、ブルジョア勢力との妥協を重ねた。四月、レーニンがドイツからの封印列車に乗って帰国し、「すべての権力をソヴェトに！」のスローガンを掲げた。このスローガン、つまりレーニンとボルシェビキの掲げた四月テーゼが、民衆を把えたんだ。十月、ソヴェトが権力掌握を宣言し、武装した労働者と兵士が冬宮を占拠し、ケレンスキー内閣と背後のブルジョア権力を駆逐した。

これが一九一七年二月から十月にいたるロシア革命の経過であることは、君も承知の通りだ。

彼は、ちびた吸い殻を、空になった私の牛乳ビンでもみ消した。彼は興奮すると、立て続けにたばこを吸う。胸ポケットから取り出した二本目のしんせいに火を点けた。

「その二月革命が、いままさに東京で始まろうとしているんだよ」

一一・二七は、第一歩だ。あの闘争で、首都の労働者は、自らの革命的エネルギーに気づいたんだよ。同時にメンシェビキ的裏切りや誰が真のボルシェビキか、にもね。次の闘いでは、国会は何十万のデモ隊に包囲され、国会の機能はマヒするんだ。岸内閣は崩壊し、国会は解散される。安保を闘う民衆は、社会党を支持し、浅沼内閣が誕生する。つまりケレンスキー政権が樹立されるんだ。同時に、全国津々裏々の安保阻止地域共闘が、闘う人民によってソヴェトに転化する。二重権力が出現するんだ。浅沼内閣は無力だ。その時こそ、「すべての権力をソヴェトに！」のスローガンを掲げたわれわれが、労働者階級の面前に登場するんだ。

革命ごっこ、革命幻想、のんきで陽気な空想的革命主義者。胸のなかで、彼にそう罵倒を投げつけてベンチを立った。彼は三本目のたばこを欲しそうだった。それを無視して、私は彼に背中を向けた。

一九六〇年があけた。

一月十六日、岸首相と藤山外相は、安保改定の調印のため、アメリカへ向け羽田空港を飛び立つことになっていた。

一一・二七の弾圧は、全学連だけでなく、総評など労働組合にも打ち下ろされた。

この弾圧は、安保反対の激しい街頭行動に対する、政府の宣戦布告であった。

その意図を察知してか、一二・一〇第九次統一行動は、国労や炭労の実力行使で闘われたが、国会包囲デモは実施されなかった。

国民会議は、一・一六の闘いを、羽田でなく都心での抗議集会で闘う方針を示した。

全学連は、これを裏切り（労働者階級が日和見的指導の下に封じ込められた）と規定し、羽田空港における岸渡米阻止を呼びかけた。

「残された日を羽田動員のため死力をつくせ！」

全学連は書記局通達を出し、こう悲痛に動員指令を発した。

全学連の委員長は、昨年から、都会派・アジテーター型の遠山委員長とまったくタイプのちがう田舎派・突撃隊長型の河原委員長に替わっていた。遠山が情熱的なアジテーションによって学生を煽動するリーダーならば、河原は自ら突撃することによって学生を決起させるタイプだった。新セクトの理論的指導者にとっては、まさにこの時期うってつけの人物だったといえる。一・一六で彼が逮捕された後は、第二指導部の西大路委員長代行がリーダーとなった。彼は、京都派で、遠山とはまたちがったタイプの能弁な煽動家だった。安保闘争が終息した後、「職業的革命家」として新セクトにこだわり、そのゲバルト路線の前面に立ったのは、一一・二七の逮捕を拒否して教養学部の学寮にたて篭もった水上と西大路の二人だった。

またこの時期、全学連の指導部のなかに、新セクトと新々セクト、そこから別れたいくつかの分派の間で、「ヘゲモニー争い」「学連権力争奪戦」が開始されていた。彼等はより先鋭的な方針を掲げて覇を競っていた。

「学連権力争奪戦」は、全学連に上納された加盟大学自治会からの資金の争奪戦でもあった。

学生運動と金、革命と革命資金。

かつて山口一理論文を論議したS・Kの席で、休憩時間の雑談の折りに、鳥山が真顔で「レーニンの封印列車」について問うたことがあった。

第一次大戦末期の一九一七年四月、敗戦の兆しの見え始めたドイツ帝国は、対戦国ロシアの内政を撹乱するため、「敵の敵は味方」とばかりに、スイス亡命中のレーニンを探し出し、ベルリンからレーニンを閉じこめた「封印列車」をロシアに送り込んだ。ペテログラードの駅頭に降り立ったレーニンは、「すべての権力をソヴェトへ！」のスローガンを大胆に掲げ、ロシア革命は一気に最終局面へと加速されたのであった。

「封印列車」は、ドイツ軍部とロシアの革命家の「化かしあい」が生んだ歴史的な大陸横断列車であった。

「優れた革命家は、同時にまた、優れた戦略・戦術家でなければならない」と、鳥山はいった。「革命家は、マヌーバー（策謀）を駆使する権謀術数家である。必要とあらば、革命家は悪魔とでも手を結ぶのだ」

それから彼は、論理を飛躍させた。

「革命はきれい事ではない。革命は物量だ。革命家も飯を食わねばならない」

つまり革命と金の問題を、彼は明からさまにいったのだ。

金はどこから調達するか。労働者階級の資金カンパによってか。資本家階級が搾取によって懐に溜め込んだ金を奪い返すか。いずれにしろ、金にきれいな札と汚い札はない。金は金だ。

彼はそういい切って、「封印列車」に関する雑談を打ち切った。革命家における階級的倫理と権謀術数。だがマヌーバーは、容易に堕落と裏切りに通じた。休憩が終わって、この問題はうやむやになってしまったが、鳥山などの論理の一隅に、革命の資金調達のためには、悪魔とでも手を結ぶというつぶやきが宿っていたことは事実だった。

学生運動も物量を否定できない一面があった。運動のリーダーたちも、飯を食わねばならなかった。逮捕者が増えるにつれて、救援資金を必要とした。

政治の闇に蠢く者が、独特の嗅覚で、これを嗅ぎつけた。そして札束を積んで囁いた。彼等の密かな囁きは、運動家の心を掴える。

君たちの行動は、正義だ。

社会を変革する若者の情熱だ。

思う通り、存分に闘い給え。

君たちの闘いによってこそ、輝かしい国家の未来は切り拓かれる。

「残された日を羽田動員のため死力をつくせ!!」という悲痛な書記局通達は、そういう情勢のなかで出された。

そのスローガンが教養学部のキャンパスで叫ばれ、ビラが洪水のように配られた時、私は、かつての同志たちの悲鳴を聞いたような気がした。

岸が渡米し調印を済まして、得意顔でアメリカから戻ったら、すぐさま国会が召集される。ろくな審議もせず、多数にまかせて承認・批准だ。新安保は大手を振って歩き始める。春闘は労働運動右傾化の絶好の機会となり、三池など炭鉱労働者を始めとする労働者階級を資本の蹂躙《じゅうりん》にひざまずかせる。

だから岸の渡米は絶対に阻止するのだ。都心の公園で静穏な抗議の声を挙げるのではだめだ。

そのなかに、あの彼女の声も混じっていた。

「国会が、騒然と取り囲まれる日が来るわ」

その日が来たわ。でもなぜ闘う労働者階級は、後込《しりご》みするの？

なぜ日和見的指導を乗り越えないの？

闘う労働者が後に続くために、わたしたちはどんな困難を乗り越えてでも羽田へ行く！

全学連の悲痛な叫びは、多数の学生の心に響いたのではない。「羽田実力阻止闘争」に公然と反対し、国民会議の方針と指導のもとに闘うことを主張する大学自治会があらわれて勢力を増した。教養学部のキャンパスでも、同様だった。セクトや分派のなかにも、冒険主義と批判する勢力が台頭した。

全学連の方針は、あきらかに孤立化していた。孤立化は先鋭化を生む。細い錐が先端をさらに尖らせて、鉄製の大扉をこじ開けようというように、彼等は叫び続けた。

機動隊も、一一・二七から学習を積んだはずだ。彼等の分厚い鉄の扉は、容易に尖った錐を撥ね返すだろう。羽田空港のはるか手前で、彼等の圧倒的な物量は、学生たちを軽々と追い返すだろう。

だが、機動隊は虚をつかれたのか。みくびったのか。あるいは袋のなかに入り込んだ学生を一網打尽に捕まえる意図があったのか。

岸渡米が十六日深夜から早朝の八時に急遽変更されたことを知って、成人の日の十五日深夜から羽田空港に集結した数百名の学生は、機動隊の壁を突破して建物に進入し、ロビーに座り込んだ。そして一部が、食堂に座り込んだ。

ラジオは、三十分おきに、羽田空港のロビーから臨時ニュースを繰り返した。

「また全学連が暴れたんだってよう」

「今度は、羽田だってさ」

「いいご身分だよなあ。親のすねかじって、騒いでいられるんだから」

国電のO駅にほど近い朝の果物店に、いっとき客足がとだえた。店の奥から、ラジオが聞こえた。三人の若い店員が、私に聞かせるように、口々にいった。

昨年の暮れから、私は、この果物店でアルバイトをしていた。駅と病院に近い店は、土産や贈答、見舞いに、高級な果物がよく売れた。学生部のアルバイト紹介の掲示板に貼りだされた「果物店店員募集　長期　日給五〇〇〇円」というカードを見て、即座に応募した。昨秋から共同生活を始めた操代との日々の生活費はなんとかなったが、来年度の前納の授業料を稼ぐ必要性に迫られていた。店員を四十日ぐらいやると、その額に達した。応募したのは、私一人だけだった。

店には、若い店員が三人働いていた。東北の村々から、中学を卒業して集団就職で上京した若者たちだった。住み込みで働いて、もう四、五年になるという。とすると、私と同年輩の二十歳前後にちがいなかった。

店の裏手が倉庫になっていて、その一角に簡単な休憩所があった。彼等の住みかは、二階の八畳間だった。

九時に店に出勤すると、彼等はもう働いていた。五時になって私が仕事を切り上げても、彼等にはなお、夜の店番や配達が待っていた。

昼食は、倉庫の休憩所で交替に済ませた。店主の奥さんが整えた一汁二菜の食事が、私にも支給された。もちろん昼食代は、日給から差し引かれた。

彼等の働きぶりに敵うはずはなかった。私より小柄で貧弱なのに、重いりんご箱やみかん箱を軽々と運んだ。小さい頃から農作業で鍛えた肉体が、腰の入れ方や重心の据え方を心得ていた。小まめに身体が動き、よく気がついた。腰が低く、客の心を掴らえるのに、そつがない。

店員として何も能力がない私は、いわれるままに倉庫で、終日肉体労働に従った。荷を受け取り、積み上げ、積み降ろし、梱包を解き、商品を取り出して磨き、店先に運ぶ。肉体労働などしたことのない私は、初日で腰に痛みを発した。店員たちは、私を哀れみの眼で眺め、もたもたした姿態をぶざまだといって笑い転げた。

人出が足りない時には、店にも立った。子どものころから母親の小さな文具・雑貨店を手伝って客扱いの経験はあったが、そんなものは何の役にも立たなかった。客が店先に立つ。さっと寄って行って、お愛想笑いを浮かべ、もみすり手しながら、「いらっしゃいませ」という一言がいえなかった。店員たちがやすやすとできる客との基本的なコミュニケーションが、自分を卑下することのように思えて、「らっしゃいませ」「まいどあり」の言葉が喉につかえた。

だが、これが労働であった。果物店という世界での労働において、私は、労働力にもならなかった。中学しか出ていない店員たちが、ごく普通に当たり前にやりおおせることが、私にはできなかった。学問などは、金を稼ぎだすこの労働に、クソの役にも立たなかった。私は、やりきれない劣等感に陥った。そして数日で、辞めたくなった。

意地っ張りの精神があったことが、救いだった。歳末から松の内が終わるまで半月も勤めると、私にも、いろいろな仕事ができるようになった。「らっしゃいませ」「まいどあり」への抵抗感が薄らいだ。腰や腕の筋肉痛もやわらいだ。果物についての即席の知識も覚えた。

高価な贈答品が一かご売れた日は、うれしかった。

三人の店員たちとも、打ち解けて来た。店員のはしくれとして、多少は認めてくれたのか。冗談をいいあい、店主や奥さんの陰口をいいあって笑った。購う客、購わない客の品定めを教わった。さんざん説明させた挙げ句に購わずに帰った客に対する悪口。店主や奥さんの見ていない所で、適当にサボる方法も伝授された。

興味にかられて、彼等の賃金や生活の実態を聞いた。東北出身の中卒の金の卵たちだ。彼等の手取りの給料は、意外に、私の三つかけ持ちの家庭教師のバイトのペイより低かった。意外といってはいけない、これが、店員たちへの搾取の現実だった。家庭教師は、たかだか夕方のまたは夜間のパート労働に過ぎなかったが、彼等の労働は全一日の労働だった。家庭教師などという「精神労働」と商店員の「肉体労働」との厳格な格差。学歴による労働力の価格の落差。これが搾取を合理化させる社会的な定理になっていた。

私は彼等に、なんだか申し訳ない気分になった。肉体を以て稼ぐことの大変さを痛感すればするほど、申し訳なさは膨らんだ。

店員たちを搾取して、商店主がぜいたく三昧《ざんまい》を尽くしているのではない。せいぜい週に数日のパチンコと赤提灯が、ささやかな店主の気晴らしだった。それでさえ、奥さんにぐずぐずとイヤ味をいわれ通しだった。

奥さんといえば、一日働きづくめだった。

果物店の二階が住宅で、そこに年老いた姑と三人の子どもたちがいた。奥さんは一階と二階を、一日何十回往復することか。店に立ち、そろばんを弾き、店員たちの食事を世話する。店員たちに対して、つい言葉がきつくなるのも止むをえなかった。歳末には、借金が返済できない、と愚痴をこぼし続けていた。

私がバイトで得る金と操代への実家からの仕送りを合計すると、食事代、部屋代、交通費などの生計費の他に、多少の剰《あま》りが生じた。そのほとんどは書籍代に当てたが、それでもたまに、操代と外食したり、コーヒーを飲んだり、映画を観たりすることはできた。

郷里への仕送りと貯蓄——それが、店員たちの稼いだ金の使途のすべてだった。

私は、操代が郷里の親から月々仕送りしてもらっている金も共同の生計費の一部にして生活している。

だのに彼等は、郷里の父母に仕送りをしているのだ。それが優先で、残りは将来の自分のために、堅実に貯えている。この点でも、私は彼等に頭が上がらなかった。

日々の楽しみ、憂さ晴らし、文化的欲求——それらをささやかにも満たすことなしに人間は生きられないが、彼等はそれをひたすら自分の内へ内へと封じ込めているように見えた。仕送りと貯蓄のためには、彼等は、たまの休日も、金銭の浪費に耐えた。

その忍耐は、どこから生じたのか。

東北の農村の貧困が、忍耐を生んだのか。

人間的欲求に対する忍耐が、貧困からの脱却を妨げているのか。

いずれにしても、農村から離脱して都市プロレタリアートになった店員たちには、親から、またその親から引き継いだ日本の農民の悲しい心魂がしっかりと宿っていた。

私は、彼等に、信州の郷里の父母の姿を見た。

尋常小学校を卒業して製糸の職工・女工となって懸命に稼ぎ、一刻でも早く親を楽にさせること。それを第一義の生きがいとして、父母は製糸の苛酷な長時間労働に耐えた。大正、昭和初期と今とでは時代は違うが、一九六〇年の東京のど真ん中に、信州の父母の後裔は生きていた。

店員たちは、私に、心底から打ち解けていたわけではない。表面的には受け入れても、内面の深みに、私を拒否するようなところがあった。

「村の同級生のなかで大学に進学する者は、一人か二人だけだよ」

あいつとあいつ。東京に出て来て大学に通っているはずだけれど、あいつら、どうしているかなあ。

午後のお茶の時間に彼等は、同級生の名前を挙げて、そういいあうことがあった。

三人が気を許しあえる時間を持つ時、どういうわけか彼等は東北弁に戻って、語りあうのだ。

その語調には、幼なじみにたいする懐かしさ、遊学への羨望、そして「選ばれた者」の環境と資産への反感が入り混じっていた。

羨望と反感の対象である大学生の実物が、いま彼等の目の前にいた。

彼等は、私と打ち解けつつ、ときに羨望、ときに反感の眼差しを私に向けた。

ラジオのニュースで全学連のデモが報じられると、彼等は、あらわに反感を示した。

また全学連が暴れたんだってよう。

今度は、羽田だってさ。

いいご身分だよなあ。親のすねかじって、騒いでいられるんだから。

聞こえよがしに、彼等はいいつのって、私の顔色をうかがった。私の反応、返答を期待している素振りだった。

「今朝、羽田からはねえ、岸がアメリカに飛び立ったんだ。安保改定の調印にね」

喉まで出かかった言葉を、呑みこんだ。

いうべきか、いわざるべきか。安保をどう説明すべきか。学生運動のなかで語って来た硬直な言葉でなく、彼等の言葉で。

彼等の労働や搾取や東北の農村と関連づけて、安保が国民に多大な不幸をもたらすものであること、だから学生・労働者・広範な国民が反対運動に起ち上がっていることを、私のどういう言葉で理解してもらうことができるのか。

「安保、安保って騒いでいる連中と比べれば、寺沼さんはえらいよ」。店員の一人が、すかさずいい足した。「だって、寺沼さんは、アルバイトしながら稼いでるんだもの」なあ、そうだよなあ。彼が促した同意に、他の二人も口々に同調した。「えらいよ。えらいよ。こうやって朝から夕方までおれ等と一緒に働いてるんだから」「あんなアカい学生さんとは、おおちがいだ」

誉められたのか、からかわれたのか、私にはよく分からなかった。店に客が来て、会話は打ち切られた。実のところ、私はほっと安堵し、額に出かかった汗を掌で拭った。

彼等にとっては、たまたまラジオから流れたニュースを話題にした気軽な雑談にちがいない。だが、その軽い会話に、私は、「学生さん」なる選ばれた同世代に対する下積みの青年たちの密かな階級的反発を感じた。

彼等は、岸が頼りにする「声なき声」の民の一人かもしれない。

安保闘争が山場を迎えようとする時、岸はこう断言したのだ。「安保反対といって騒いでいるのは、国民の一部に過ぎない。その証拠に、後楽園の巨人戦は、今日も満員の客だ。安保賛成の声は挙げないが、圧倒的多数の『声なき声』は、安保を支持している」と。

しかし店員の青年たちを、政治的無関心、隠れた安保の支持者などと批判することはできない。もしかしたら、彼等の気軽な会話は、安保闘争が持っている一面の弱さをえぐり出している。

それにしても、と私は暗い感情に陥った。なぜ私は、この場で彼等に安保を語ることを躊躇《ちゅうちょ》したのか。それは、私の重大な弱さではないか。革命的インテリゲンチャなどと自分を規定して来たことを恥じなければならない。

信州の父母とK町の住民と果物店の店員たち。彼等と解りあえるには、どうしたらよいか。社会の表層に荒々しく波立つ安保闘争の背後に、物いわずたたずむ「一般大衆」。私もその群衆の一人となって苦楽を分かち合う覚悟をしろ！

そう自分にいい聞かせて、私は、裏の倉庫へ果物の荷を解きに向かった。

同じ時刻、岸はゆうゆうと太平洋の上空をワシントンに向かって翔んでいた。

羽田空港のロビーや食堂に座り込んだ学生たちは、深夜のうちに蹴散らされ、排除された。彼等は、身体を拘禁され襟首を掴まれて、一人一人首実検された。公安のリストに載っている者は、その場で逮捕、他の者は外へ放り出された。機動隊には、学生運動の表舞台のリーダーと陰の理論的指導者の区別はなかった。

七十七名が逮捕された。全学連中執となっていた平岡も、その一人だった。鳥山も、彼女も。そしてスクラムを組んだかつての幾人かの同志たちも。


一九六〇年四月。

私は、教養学部の三年間の生活を終えて、専門学部に進学した。そこは、教育学部の社会教育専攻コースであった。私は、セツルメント活動の必然の帰結のごとく、そのコースを選んだ。二年間の勉学の後、私は、信州で、できたら郷里のまちで、公民館など地域の社会教育活動に打ち込みたかった。セツルメントの幾人かの先輩たちが、この道を先に歩んでいた。同時にそれが、年老いた父母とともに郷里でくらす唯一の道でもあった。

一歳年長の操代は、女子大の栄養学科を卒業した。在学中、仲間の学生に呼びかけて安保のデモに参加したことが、伝統ある女子大の教授の怒りを買った。教授は、操代を呼んで、そうした行為をしないよう説教した。操代の拒絶が、教授の逆鱗《げきりん》に触れた。教授は、栄養士関係の職場への就職斡旋をしない、と断言した。操代は、川崎市の通信機器専門メーカーの事務員の仕事を、遠い親せきのツテで探して来た。会社は小さくても、その機器製造に関しては業界に名の通った企業らしく、景気がよかった。四月当初から、残業が続いた。

会社の景気がよいせいか、職場にも従業員にも活気があった。労働組合の活動も、小企業には珍しく元気があった。女性の少ない職場なので、操代はすぐに、婦人部の役員に就かせられた。春闘や安保の地域闘争で帰宅が遅いこともしばしばだった。

私も家庭教師のバイトからの帰宅時間が遅かった。木賃アパートの四畳半の部屋で、折畳みの小さな四角い食卓に向かい合って、二人で遅い夕食を食べた。

三月中旬から、国会では、「安保特別委員会」の審議が始まっていた。五月中旬までに衆参両院で新安保の条約案を可決し、六月の中旬にアイゼンハワー大統領の訪日を迎えて批准書を交換する、というのが、岸内閣のもくろむ政治日程だった。

三池では、炭鉱合理化と一二〇〇名の指名解雇に反対してストで闘う労働組合に対して、経営者側と第二組合、暴力団が一体となった攻撃が加えられ、三月二十九日流血の闘争のなかで、第一組合員久保清さんが刺殺された。

四月中旬、韓国・ソウルの街頭と広場を学生のデモが埋めつくし、独裁者・李承晩を退陣に追いやった。

全学連は、これまでの「主流派」に対して、国民共闘会議のもとに闘うことを主張する「反主流派」が勢力を増していた。「主流派」のなかでは、さまざまな分派の抗争が激化し、全学連は自壊しつつあった。

キャンパスには、それぞれの主張と攻撃を叩きつけるようなビラや立看があふれていた。学部の自治会は、互いの意見と批判を投げあう口論の場になりかけていた。

学部のセミは、少人数で活気があった。教養学部時代の大教室での一方的な講義とは、大違いだった。だいたい社会教育を専攻する者など、極めて少数の変り者だ。もしくは、他学部に進学できなくて、落ちこぼれた者だ。いずれにしろ、一風変わった学生がたむろする学科であった。

セミはしばしば中止され、安保の討論集会になった。教授も加わって、延々と議論をやりあった。いままでデモに参加したことのない保守またはノンポリと見られていた学生が、過激な意見を吐いて、皆を驚かせた。セミを途中で止めて、そのままデモに直行することもあった。

セミでは、七月に信州の北信濃のある農村を訪ねて、一週間の宿泊実習をおこなう予定であった。その村には、セツルメントOBの千田さんが三年前から、公民館主事を勤めている。公民館に寝起きしながら、村の公民館活動の実際を体験することになっていた。私が、信州出身であることから、戦前の信州の社会教育の自由の伝統についてレポートをする役目となった。上田や下伊那の自由大学、青年団自主化運動などの歴史を調べ、戦争の影が忍び寄り、自由が抑圧される体制のなかで、信州の農村青年や勤労青年たちが、どう自由な学習活動を守って来たか。それが私のレポートのテーマだった。

安保や勤評とからめて、我が身にしみる痛切なテーマであった。

他のセミが休講になったので、レポートの下調べに、早朝の大学図書館に行った。数部の資料を借り出して机に座ると、

「やあ」

隣の机から、いきなり声をかけられた。かつての同志の野辺山だった。私と同学年だったが、たしか昨年法学部に進学したはずだ。私を「日和見主義」と批判し、新セクトのメンバーになった一人だった。

「君も、ようやく進学したか。学部はどこだ」

野辺山が人なつっこく笑顔を向けたので、私も話をする気持ちになった。

「教育学部だよ」

「学校の先生にでもなるのか」

「社会教育さ」

「社会科教育の研究者にでもなるのか」

「公民館主事だよ。地域の社会教育の仕事をするのさ」

「公民館？　そんなもの知らないなあ」

そういえば彼は、東京の有名進学校出身だった。彼が田舎の公民館など知るはずはない。

私の借り出して来た資料は何だと聞くので、説明してやった。興味はなさそうだった。

「ぼくは毎日、図書館通いさ」

聞きもしないのに、彼は、机上に自分で持ち込んだらしい数冊の本や雑誌を指差した。

「研究論文でも書くのか」

「そんな暇はないよ。司法試験の勉強さ」

「弁護士か」

「まだ決めてないよ。とにかく試験に合格することが先決だ」

「では、講義にデモにその上図書館通いじゃ、毎日いそがしいだろう」

「講義？　あんな無駄なものは出ないよ」

野辺山は、あっさりといった。

法学部の少壮の学者の講義は、私にも魅力があった。政治学のM教授、憲法学のW教授、法社会学のH教授、家族法学のK教授などの講義は、経済学部の農業問題のO教授、文学部の農村社会学のF教授、農学部の農業経済のK教授などの講義とともに、もし許されるなら学部を越えて聴講したい講義だった。多分、教授等の講義には、信州の農業・農村問題を解き明かすキーが隠されているはずだった。それは、私が向かおうという信州の社会教育の実践を、より確かなものにしてくれるにちがいなかった。そしてこれらの教授は、安保についても、積極的に論陣をはっている面々だった。

私が教授等の名前を挙げると、彼は、あははっと笑った。私を嘲るような響きがあった。

「大学という安全地帯に身を置いて、万巻の書を積み上げた研究室から安保を論じてみても、国家に向かって空鉄砲を射かけるようなものさ。これら教授たちの精緻で進歩的な講義を聞いた優秀な学生たちは、結局何になると思う。国家のエリート官僚さ。政治学の知識や法律の技術を駆使して、国民を指導するんだ。ぼくだって真面目に講義を聞いていたのは、最初のうちだけさ。なんだか、ばかばかしくなって、途中から図書館通いだよ。いまでは、ほら、この司法試験の受験雑誌が、ぼくには最良の教授なんだ」

「デモは」

彼等のセクトの名前を挙げて、私は聞いた。

「デモ？　安保闘争？　ぼくにとって、まつりは終わったのさ」

あはははっと笑ったが、今度は自分に向けた嘲りのような響きを感じた。

ぼくばかりじゃないよ。彼は、幾人かのかつての同志たちの名前を挙げた。ほら、あいつ。彼は、少し離れた席にうつむいている学生を指差した。最後のS・Kで、退席する私に「卑怯者　去らば去れ　我等は赤旗守る」のすっとんきょうな歌を投げつけたやつだ。ほら、あいつ。あいつは、国家公務員上級職試験だよ。自治官僚になって、将来は県知事になるんだと公言しているよ。反体制運動で国家を変革するより、県知事になって社会をリードする方が、はるかに現実的だからな。外交官試験を受ける者、大学院に進んで本学の法学部教授をめざす者。ぐるっと首を回して見ろよ。一緒にスクラムを組んだ連中を、十人は見つけることができるよ。

それから彼は、いかにも秘密めいた囁きを告げるように、顔を近づけた。

「とっておきの話しを教えてやろうか」

同志平岡――彼はわざとらしく、平岡をそう呼んだ。

天才的理論家・同志平岡は、どういう風の吹き回しか、今は全学連の中央執行委員をやっているよ。組織部長さ。だが彼は、アジテーターでもなければ突撃隊長でもない。あくまでも理論の人だよ。闘争の現場でとっさの判断を迫られる時、彼は明快に一瞬の決断を下せる人間じゃない。まして国会の塀を乗り越えて構内に突入するタイプじゃないよ。これは、明らかにミスキャストだ。全学連もよっぽど人材不足なんだろう。まあ彼等のセクトだって今さら、今や森川を全学連中執に送りこむわけにはいかないからな。

「まあ、そんなことは、どうでもいいや」。野辺山は、本論に戻った。

同志平岡は、六月が最後さ。安保とともに平岡のまつりも終わるのさ。その後は？　もちろん、理論構築のための学究の道に入るんだよ。ドクターに進んでなんていうケチな話じゃない。アメリカ留学さ。世界のなかで日本ほど、マルクス経済学が隆盛を極めている国はない。わが国ほど、マル経を自由に研究できる国はないよ。アメリカのマル経などスターリニズムの亜流だからな。にもかかわらず、同志平岡はアメリカに遊学する。アメリカ帝国主義をつぶさに見極めに行くんだろう。そしてマルクスやレーニンをさらに発展させた地平に、新しい経済学と革命の哲学を構築するにちがいない。『激動から革命　革命から社会主義へ』の次に彼が世に問う著作が、いまから楽しみだよ。

「まつりはおわり、まつりはおわり」

彼は、歌うようなリズムで繰り返した。

りこうなやつらのまつりは終わった。もう少しの辛抱で、まつりは終わる。

ばかなやつらは、装甲車乗り越え、乗り越え突き進む。

田舎の公民館主事だあ？　そんなやつは、お話にならんよ。

「時間だ」。彼は机上の参考書類をばたんと閉じて、立ち上がった。

「これから、司法試験を受ける仲間との研究会があるんだ。いまのぼくにとって、このサークルの連中が最良の同志だよ」

野辺山の話につきあわされて、レポートの下調べにならなかった。私も、席を立った。図書館から外に出ると、四月の陽光が樹木に乱反射して、身体いっぱいにふりかかった。スピーカーが叫んでいる。四・二六第十五次統一行動への決起を呼びかけているのだ。荘重な石造の図書館の壁に跳ね返り、谺《こだま》となって鼓膜をふさぐ。

私は、学部の自治会室に急いだ。四・二六への参加をめぐって、セミ代表の自治委員会の討論がおこなわれるのだ。

情勢は逼迫していた。国会では、衆議院安保特別委員会の審議打切り、強行採決が画策されていた。五月下旬の国会会期内に批准を成立させようという策謀なのだ。

安保闘争は、最後の正念場を迎えていた。

彼等のセクトは、「すべての指導部が闘争の高揚におそれおののいて逃げ出した」とし、「四月こそ決戦の時期である。われわれは新安保条約の粉砕のため、あらゆる力を投入して闘う」「この闘いによって、われわれはブルジョアジーの攻撃を挫折させ、労働者階級の無限の力をときはなち、プロレタリア権力樹立のため新しい前進を開始するであろう」との全国大会宣言を発表した。

彼等にとって、国会請願と都内での集会とデモで四・二六を闘うという国民会議の方針は、闘争の高揚に対する背信以外の何ものでもなかった。全学連はこれを「団結と統一」の名による闘争の回避であるとし、盛り上がる人民大衆の闘争力を武装解除する「お焼香デモ」と呼び、全学連独自の断固とした「三万の国会デモ——警官の壁を破って前進」「チャペルセンター前に集合」の方針を打ち出した。

国民会議は、全学連指導部に対し、「国民会議の決定を無視するもの」として遺憾の意を表明して反省を求め、「全国の学生諸君が全学連指導部のあやまった方針にひきずられることなく、国民会議の請願行動に積極的に参加するよう要請」する声明を発表した。

これを受けて、反主流派の都内十余の大学自治会は「東京都学生自治会連絡会議」(都自連)を結成し、全学連指導部のセクト主義と挑発的な行動は、安保を推進しまた統一行動をなしくずしにしようという勢力に弾圧と分裂の機会を与えるものだと批判し、国民会議の方針の下に闘おう、と呼びかけた。

この二つの方針をめぐって、学部の自治委員会は大激論となった。

両極の意見は果てしなく続いた。私は、「国民会議の方針の下に闘う」側にいた。ののしりあいになっても、私は冷静だった。かつて反戦平和運動や勤評反対闘争のなかで、私を貫いた興奮は、いまの私にはない。冷静なのが、自分でも不思議なくらいだった。

最終局面に至った国会の強行採決を阻止するには、国会突入で血を流すしかない。追い込まれ、せっぱつまった心情は、私にもわかる。私も、そうした心情に突き動かされて闘って来たのだから。

だが、物理的な激突と流血の先に、何が開けるのか。労働者は、国会の柵と国民会議の「ダラ幹」を乗り越えて、全学連の旗の下に陸続と従うのか。いや、かんじんの広範な学生自体が、激突と流血を望んでいるのか。

いまほど多くの学生が政治に怒り、闘う決意を高ぶらせ、行動に起ち上がっている時はない。だが、それは労働者階級の前衛としてではなく、幅広い反対運動の一翼として、一大衆としてだ。安保闘争の一翼として闘うことは、大衆運動の後衛に落ちることではない。労働者階級から「声なき声」を発する主婦にいたるまでの隊列のなかで、ともに腕を組み闘うことは、国民の意志と力を確認することだ。社会の変革は、その意志と力のなかにある。

もし私が、断固国会に突入して後を振り返った時、そこに見出だすものは何か。一部の学生だけが寸断され、孤立した重々しい空間ではないか。そして感じることは何か。自己満足か。焦燥と敗北感か。労働者、国民に対する不信感と絶望感か。未来に対する暗い展望と挫折感か。そして「まつり」は終わるのか。

K町の地域共闘から参加する有田さん、川崎の鉄鋼労働者、操代もその一員である中小企業の労働者、そして間もなく公民館活動の友となる信州の青年団員たち――私は、彼等を国会突入へと導くデモのなかにではなく、彼等とともにスクラムを組む隊列のなかにいたい。

両論は伯仲していて、溝が深まるばかりだった。どちらかのデモに参加するのか、個人の意思に基づく自由参加にするか。それすら結論に遠かった。

「採決で決めよう」

委員長が苦しそうな吐息をしながら、同意を促した。委員長は、国民会議派だ。採決の結果によっては、彼が先頭に立って、国会突入のデモに参加しなければならない。だから彼の吐息が、私には理解できた。

「ちょっと待てよ」

ひとりの学生が手を挙げた。両論の狭間で、沈黙を守っていた幾人かの学生の一人だ。

「ぼくは、ノンポリだ」と、彼は切り出した。

「はっきりいって、ぼくは両派の意見に距離を置いている。どちらの理論と方針が正しいかの採決をするなら、ぼくは棄権するしかない。また両者の激しい議論のやりとりを聞いていると、多数決によってどちらのデモに参加するかを決めるのは、無意味だし実効力がない。だから基本的には、個人の意思に基づく自由参加を認めたらどうだろうか」

ナンセンス！

反主流派の策謀に手を貸すのか！

学生運動の分裂を容認するのか！

激しい野次がとんだ。

「静かに聞けよ」。彼は、野次を制して、発言を続けた。

「ぼくは、全学連のデモに参加する。それは、全学連指導部の方針を支持するからでなくて、全学連の統一を守りたいからだ。ぼくはノンポリだから、君たちのように学生運動に積極的に関わって来たわけではないけれど、安保と非民主的な政治に対する怒りは、君たちと同じように持っているつもりだ。ぼくは、この怒りを全学連の一員として、直接国会へ叩きつけたいんだ。全学連は、まだはっきり分裂したわけではない。何が分裂に導く原因なのかを、ぼくは、全学連のデモに参加しながら見極めたい。それが、ぼくが全学連のデモに参加する理由だ。かといって、ぼくは国会突入という行動には反対だ。ぼくの気持は、今日発言を控えているノンポリといわれる学生の共通の気持だと思う」

そうだ、幾人かが無言でうなずいた。

「そこで提案だけれど」。彼は委員長の方に向き直って落ち着いていった。

「どちらのデモに参加するかは、個人の自由な意思で決める。そのことを前提とした上で、学部の自治会としては全学連の呼びかける集会に参加したらどうだろう。ただし、学部の自治会としては、国会突入には加わらない。整然と座り込んで、われわれの安保反対の決意を表明する。五月の行動は、四・二六を総括するなかで、討論をすればいいじゃないか」

激論に生じた亀裂が埋めがたい時には、彼のような真面目で良心的なノンポリの発言がかろうじて裂目を繋げる。ノンポリの多数の学生が起ち上がっていた。彼等の気持、彼等の気分を無視しては、どちらのデモにしろ何万人を動員する運動はとりくめない。玉虫色ではあったが、それがノンポリの率直な気持であり、またかろうじて統一を保つノンポリの智恵といえた。提案は、この場の救いだった。

積極的な反論はなかった。

「今われわれにとって大切なのは、自治会民主主義に従うことだ」

委員長はそういって、ノンポリ学生の提案に基づき行動することを確認した。自治委員会はようやく終了した。

四月二十六日の午後、私は、チャペルセンター前に集合した全学連のデモのなかにいた。一万人のデモ隊は、三重に配置された装甲車と青カブトに黒服の機動隊のバリケードの内に閉じこめられていた。

宣伝カーの上に代わるがわるリーダーたちが登場して、激越なアジ演説をぶった。

国会へ、正門前へ前進しよう！

正門前で大集会をおこない、支配階級への怒りを叩きつけよう！

あの一一・二七を再現しよう！

ことばが機関銃のように発射され、デモ隊のあちこちに興奮が伝播した。興奮は地殻を突き破る熱湯の源泉のように沸騰《ふっとう》していた。しかし、その点を囲むようにして、奇妙な静寂が広がっていた。熱湯と冷水。一般学生は、黙りこくって座っている。これから何が起きようとしているのか。期待と不安に、ただ沈黙して座っているのだ。

その何かが、前方で起こったようだ。

叫び、叫び。怒声、怒声。悲鳴も混じっている。

全学連の河原委員長が装甲車に飛び乗る。そして機動隊の頭上に飛び降りる。

委員長に続け！　一人、十人、百人。数百人の黒山となって、装甲車によじ上り、彼方の空間に落下する。

チヤペルセンターの条網が工具によって切断される。わずかに開かれた流路から、前方の一団が国会正門前へなだれ込んで行く。細い流路は、機動隊の戦闘服がすぐに塞いでしまう。棍棒が抜かれる。振り下ろされる。正門前に突入し、多数のデモ隊から分断された一団の上に、何が始まっているのか。残った全学連のリーダーたちが、絶叫している。

進め、進め！　続け、続け！　突入だ、突入だ！

機動隊の指揮車が、倍のボリュームを挙げて、わめき返す。

デモ隊のなかから、ばらばらと前線へ駆け出す者がいる。装甲車に飛び乗る。引きずり下ろされる。また飛び乗る。引きずり下ろされる。

その時、学部の委員長が、大声で叫んだ。学部の一団の前に大手を広げて。肉声はかき消される。だが、必死の叫びは伝わる。

われわれは、暴挙に組しない！

挑発にのるな！

整然とこの場に座り込もう！

怒った学生が、委員長を取り囲む。委員長を支持する学生が、割って入る。デモ隊は、委員長の指揮に従ってその場に座り込む。見渡すと他の学部も、他の大学も。

正門前に突入して制圧された数百人のデモ隊とチャペル前に座り込んだ数千名のデモ隊に、膠着《こうちゃく》した時間が流れた。機動隊に管理された空間と時間。

ようやく夕暮の気配が流れて来た。学連の指揮者を逮捕され無防備に座り込んだ抗議行動に終わりの時間が来たのだ。デモ隊は、立ち上がって退去を始めた。両側を固めた機動隊が許す黒壁の通路を。どこへ去るか。今日のデモは、いったい何だったのか。次のデモは、さらに突入、さらに流血へとすすむのか。

デモが解散した後、私は仲間と語らって、日比谷野外音楽堂へ駆けつけた。国民会議主催の中央集会が終了し、東京駅八重洲口までデモ行進がおこなわれていた。ちょうど最後の労働組合の一団が行進に移っていた。その後に、清水谷公園で全学連とは別の集会を終えた都自連の一万数千人の学生デモが合流した。

アンポ　フンサイ！

キシヲ　タオセ！

コッカイ　カイサン

シュプレッヒコールと闘争歌がビル街に轟き、激しいジグザグ行進と渦巻きデモが交差点を支配した。前方見渡すかぎり、延々とデモ隊は連なって、東京駅を目指していた。

私たちは、デモの最後尾に従いた。叫び、歌う。拳を突き上げる。スクラムを固く結んで、ジグザグデモに移る。汗がしたたり乾燥して、顔面がひりひりする。声が擦れる。

振り向くといつの間にか、私たちの背後におびただしい数の市民が従っている。はるか後方まで、市民のデモは続いている。この大群衆は、都心の地殻を破って、忽然《こつぜん》と登場したのだ。労組や学生のデモとちがってスクラムを組んだり、叫んだりしない。しかし、確かな足取りで決然と歩いている。

歩道に立って見送る市民が、手を振って声援を送ってくれる。デモ隊に行く手を遮られたタクシーの運転手までが、手を振りクラクションを鳴らして、連帯の意を示す。

もう、ジグザグもシュプレッヒコールも必要なかった。労組、学生、地方から上京した人々、一般の市民。ことばもいらない。ただ、ともに歩いているだけでよい。

デモ隊は、道幅いっぱいに溢れ、暮れかけた首都の街路をひとつの意思で統一された大河となって悠然と流れて行った。

玄関の呼び鈴を押した。いつもなら小学校六年生の京子が、「先生」と呼んで招き入れてくれる。

二回、三回、空しくベルが鳴る。ようやく迎えに出たのは、母親だった。

「どちらさまですか」

ドアの内側で、声がとんがっている。

「寺沼です」

答えると、ようやく内鍵がはずされドアが開いた。

渋谷駅から歩いて十分ほどの住宅街に、家はあった。毎週二回その家を訪ねて、夕方の二時間ほど京子の家庭教師をしていた。

父親に会ったことはない。京子によれば、一流商事会社の営業課長で、家にいたことなどないという猛烈サラリーマンらしい。家の隣の豪邸に近いお屋敷は、母親の実家で、どうやらこの家の土地も、かつてはお屋敷の一角だったようだ。この辺り、けっこう有名人が居を構えている。

京子は来年、中学受験を迎えていた。高校・大学へそのまま進学できる中学を受験するため、家庭教師がつけられたのだ。

一人っ子の京子には、母親から注文が多い。ネイティブ・イングリッシュとかの勉強で、イギリス人の教える英語塾に通っている。今どき英会話を習っている小学生など、他にいまい。将来は海外勤務するかもしれない父親について、ロンドン辺りに住む準備か。ピアノの先生が週に二回通って来て、応接間でピアノのレッスンをする。これがまた、きつい先生だ。レッスンが長引くと、私は京子の部屋で、けっして上手いとはいえない練習曲の繰り返しを聞きながら、小半時も待たされることがある。

私の前に現われる京子は、いつもくたびれていて、ぼんやりしている。顔に表情が乏しい。母親の期待と圧力を一身に受けて、寡黙と無表情という殻のなかに、自分を防御している。私が話しかけなければ、自分から語ることはない。K町の子どもたちとおよそ対極にいる。勉強をやる気があるのか、ないのか。それも、よく分からない。問題を出すと、それなりに出来る。まあ、これぐらいの出来ならば、目標の中学はぎりぎりの合格ラインらしいからと、私も積極的に教えることはしない。

適当に教え、適当にお喋りをする。といっても、私の一方的な会話が多いが、それが、京子に対する私の家庭教師ぶりだ。京子にだって解放された時間が必要だ。京子はそれを嫌がっていないから、それで私は一年半も、この家を週に二回訪ねることができた。

ドアをはいると、母親が上がり口に立ちふさがるようにして、私を迎えた。腰に手を当て、いきなり何かいいたそうな雰囲気だ。

「寺沼先生、先生は安保反対のデモに参加してるんですか」

案の定、頭ごなしに詰問が降りかかって来る。

「ええ、参加してますけれど……」

真面目な大学生なら、みんな参加していますよ。

いい足そうとする私を、母親は遮った。

「やっぱり。では、あのテレビに映ったのは、間違いなく寺沼先生ですわ。先生もあんなに荒らびて乱暴する全学連の仲間なんですか。大人しい先生だから安心していたんですけれど、あんな恐ろしいことを、先生もなさるんですね」

「いえ、あのう……」

「安保のデモに参加する学生さんなんて、京子の家庭教師にお願いすることはできませんわ。京子も先生になじんでおりましたので、とても残念ですわ」

「あのう、馘ってことですか」

「主人にも、きつくそういわれておりますのよ」

「でも、それって……」

「ちょうど月末で区切りのいいところでございましょう。これ、今月分のお手当てですわ。どうぞお納めくださいませ。あいにく来客中で、とりこんでおりますので、お引取りくださ
い」

とんがった声が一層上ずって、私にペイの入った封筒を押しつけた。弁明も抗弁も、一切聞きませんよという強い調子で、ドアを開けた。押し出されるようにして外へ出ると、ドアがしまって内鍵がカチリとかかった。

まあ、しょうがないか。私も諦めが速かった。京子とは、ご縁がなかったんだ。代わりの家庭教師など、すぐ見つかるだろう。もしかしたら、もう探してあるかもしれない。押し売

りと全学連の学生お断りか。大手商事会社の課長だか奥様だか知らないけれど、これも安保をめぐる社会の一断面なんだ。乱暴に自分にいい聞かせて、家を後にした。

それにしても、月に四千円の収入がなくなるのは痛いな。早く次を探さなければ。

そうつぶやいて、何気なく振り返った。

二階の窓が開いた。レースのカーテンを乱暴に開けて、京子が上半身をのぞかせた。無口の、表現力に乏しい京子が、体操をするように両手をいっぱいに振っている。私も、両手をいっぱいに振って返した。すぐに窓が閉じられ、カーテンがきつくしめられた。


今年の五月は、なんと重たい月だ。

ナチが滅亡し戦争から解放された一九四五年五月のパリを、パリ市民は、「五月の恋人」と呼んで歌った。恋人とはもちろん「旗の波うずまく、わが恋人パリ」のことだ。

一九六〇年五月の東京を、われわれはなんと呼んだらよいのか。旗の波は渦巻いている。だが、林立する旗は、歓びの旗でなく怒りの旗だ。

ソ連の領空に侵犯したアメリカの黒いスパイ機U２型機が、ソ連上空で撃墜された。米ソの緊張は一気に高まった。スパイ機は、何を偵察していたのか。どこから飛び立ち、どこへ着陸しようとしていたのか。まるで、世界の空はアメリカの空みたいだ。在日米軍基地のどこかから飛び立ったのは、公然の秘密だ。

日本政府は、アメリカに抗議するどころか、反対に緊張激化の元凶はソ連の側だといい張っている。日本をソ・中に対するアメリカの最前線基地と化す安保の本質が、現実の国際情勢のなかで、くっきりとさらけ出された。

韓国では、独裁者・李承晩大統領が、ソウルの学生運動のデモによって打倒された。北京の天安門広場では、安保に反対し、日本人民の闘いを支援する百万人の集会とデモがおこなわれた。

国民の怒りに包まれる国会では、社会党など野党の抵抗と自民党内の謀反によって、岸の目論む審議日程は、遅れに遅れていた。通常国会終了は、五月二十六日。それまでに衆参で安保改定の批准を可決し、六月二十日には晴れてアイゼンハウワー米大統領をお迎えしようというのが、岸の日程だった。

国会の演壇で、岸とアイクが固く握手を交わす。この手打ち式は、日米新時代の始まりのはずだった。

アメリカ帝国主義は、日本列島を新たな軍事同盟の支配下に繋げ直すことによって、圧倒的な核と軍事力を誇示し、ソ・中・朝鮮半島・インドシナ半島に対してニラミをきかすことができる。岸は、アメリカの威信を嵩《かさ》にきて、アジアの覇者として、アジア人民に君臨する。そして岸は、池田や河野などのライバルを蹴落とし、アメリカに信頼される日本の名宰相として、長期政権を担当できる。

その目論みが、大幅にはずれてしまった。

五月十九日。米大統領訪日の日程から逆算すると、この日が「最後の一日」だった。憲法第六一条（条約の国会承認と衆議院の優先）を武器にとって、岸は、国会でクーデターを起こした。十九日が終わろうとする深夜に。審議の一方的な打切り、衆議院での可決と参議院への送付、三十日以上の会期延長。そうすれば放っておいても、衆議院の議決が国会の議決となる。

国会の外を数千の機動隊に守られ、国会の内では数百名の警官を導入し野党の議員を排除して、国会史上かつてなかった暴挙が、おこなわれようとしていた。

五月十九日。豪雨。

第十六次統一行動は、明日五月二十日に設定されていた。

「学友諸君、いまやわれわれは、あす五・二〇を待つことはできない。

政府・自民党は、今夜五時、安保承認と五〇日間会期延長の強行採決を策している。

まさに非常事態に突入した。

学友諸君！

いますぐ国会議面（議員面会所）前に行こう！

自民の暴挙を断固粉砕しよう！

すわりこみも辞せず闘いぬこう！」

午後、全学連の主流派も反主流派も、非常事態宣言を発し、緊急動員指令を出した。

国民会議や総評も、同様の指令を発した。

午後五時、国会正門前と衆議院議員面会所前は、駆けつけた労働者と学生で埋めつくされた。

主流派も反主流派もなかった。事態が、いっときの統一を復活させたのだ。

梅雨のはしりか、時折激しい雨が横なぐりに座りこんだデモ隊を見舞った。そのまま、夜の闇が垂れこめた。頭の先から靴のなかまで、濡れそぼっていた。寒さは感じなかった。密集した学友たちが、互いに熱を伝えあった。シュプレッヒコールや闘争歌が、体内に熱を沸き立たせた。

国会内の情勢が、刻々と伝わって来た。

安保特別委員会において社会党横路議員の質問中、突如自民党議員が質疑打切りの動議を出した。

国会内に数百人の警官が導入された。右翼団体までが、自民党議員の秘書を装って国会内を闊歩《かっぽ》している。

これらの者たちに守られ、議事運営委員会は安保批准・会期五十日延長のための衆議院本会議開催を強行採決した。

野党議員が座りこんでいる。警官隊が野党議員の排除を始めた。

清瀬衆議院議長が、警官隊に守られて議長席に就いた。

自民党の一部派閥議員が、岸の手法に反対して、着席を拒否した。

深夜十二時をまわった。

デモ隊は、全員総立ちになった。日本の命運を決する議決が、いままさに、目の前の国会の議場でなされようとしている。

声を限りに叫ぶ。天に届く数万の民衆の叫びは、国会のなかには届かないのか。

二十日、午前零時二十六分。

一部の自民党議員のみによって、ついに新安保条約締結と次いで会期五十日延長が「決議」された。

自民党は、万歳を叫んでいる。後は寝て待てだ。国民がどう騒ごうが、参議院がどう紛糾しようが、六月十九日午前零時に新安保は自然承認となる。即刻閣議で批准を決定し、天皇のハンコをもらえば、日本側の手続きは一切完了だ。日米の批准書を交換して新安保条約はただちに発効。後は米大統領を快くお迎えし、めでたいまつりの宴を催そう。

その報がもたらされた時、デモ隊にほんの一瞬、信じられない静寂が訪れた。数万の民衆の沈黙は、深く悲しかった。民衆の叫びは、天に吸いこまれたのか。地に浸透したのか。それから、ぐあーんと轟音がひろがった。豪雨をついて天雷が落ちたようだ。

それぞれが勝手に、叫んでいる。怒鳴っている。悲鳴をあげている。日蓮宗徒が太鼓を乱打している。怒り、悲しみ、憂い、焦燥、決意、敗北感。闘う者の感情が濃厚に撹拌され、圧縮され、一気に爆発したのだ。豪雨も、これを冷却することはできない。

宣伝カーの上から、全学連の水上書記長や西大路委員長代行が叫んでいる。別の宣伝カーから、反主流派随一のアジテーターの野田が叫んでいる。野田は、W大文学部の学生だ。日本古典文学の研究を志すだけあって、その語彙《ごい》は豊かで、文学的表現が随所に折りこまれている。水上や西大路より、一般学生の心情をしっかり掴えるにちがいない。つかの間の統一。つかの間の共感。いまは何を叫んでもよい。何を叫んでも受け入れられる。そうやって立ちつくしたままで、時が流れて行く。

労働者の部隊が、少しずつ解散を始めた。時計を見ると、はや午前三時をまわっていた。明日がある。いや、明日はもう暁けようとしている。第一六次統一行動は、十万の群衆で国会を包囲するのだ。学友は、全学ストで起ち上がる。

解散だ。学内に戻って準備だ。五・二〇の闘いを成功させるために。そして、今後一ヶ月の闘いへの決意を新たにして。

五・二〇以後の一ヶ月ほど、歴史の表舞台に民衆が登場したことはなかった。

全国を毛細管のようにおおう地域共闘組織からは、二千万にのぼる署名が集められた。地方からぞくぞくと、デモ隊が上京した。二回にわたる空前の政治スト。国会は、連日安保粉砕、岸打倒、国会解散を叫ぶ大群衆と林立する赤旗の波に取り囲まれた。

国会から東京駅へ新宿駅へ向かうデモ隊には、ふつうの市民の参加が目立った。急増のプラカードを掲げ、てんでに叫び、歌い、お喋りをしながら、歩いている。プラカードのかわりに、店ののれんを竹竿にしばりつけて行進に加わる商店主もいた。

もはや、安保反対どころではない。民主主義そのものが踏みにじられたのだ。十五年前の記憶は、まだ鮮やかに人々に彫まれていた。あの敗戦のなかから、ようやく掴み取った平和と民主主義。それがいま、痛ましく蹂躙《じゅうりん》されている。安保のデモに合流する市民は、それが許せなかった。

都心の四車線道路は、デモ行進の大群衆を吞みこむには狭すぎた。行進は、道幅いっぱいに広がり、ゆっくりと大河となって歩んだ。交通を止められた市民は辛抱強く待ち、フランス式デモに声援を送った。

大学の授業は、ほとんど閉鎖された。いまは、進行しつつある歴史が教科書だ。私たちは、寄るとさわると、安保の討論に激した。いままで学生運動にまったく背を向けていた学生まで、連日のデモや座りこみに参加した。

しかし、学生運動のいっときの統一は崩れ、亀裂が深まっていた。もはや統一は不可能だった。学内では、双方の主張がぶつかりあい、双方のデモへの呼びかけがおこなわれていた。学生は、自分の意見とその時の気持で、どちらかのデモへ自由に参加していた。私の参加する国民会議の側のデモは、日に日に参加学生が増えた。だが、五・二〇以後、全学連主流派のデモも、かなりの動員を誇示していた。国民会議に歩み寄るか、孤立して突撃の道を進むか。幹部のなかの迷いと動揺はしりぞけられ、ただひとつの道が残されただけだった。

ソウルの学生に従おう、と彼等は呼びかけた。李承晩大統領のインチキ選挙を告発した馬山市の高校生デモは、警察隊の発砲によって三十名の死者を出した。数万の馬山市民が暴動をおこし、警察署を襲撃した。炎は、たちまちソウルに飛火した。独裁者の圧政に対する怒りが爆発した。ソウルの学生は、自由党本部、与党系新聞社を焼きうちした。放送局を占拠し、大統領官邸におしかけた。大学教授や市民がこれを支持し、民衆の蜂起は独裁者の退陣を求めて、全国に広がった。李大統領は、前線の軍隊を呼び戻して、武力弾圧の構えを示した。

だが、アメリカが待ったをかけた。民衆は李承晩を乗り越えて、どこまで突き進むのか。冷静な分析のもとに、アメリカは、子飼いの大統領を冷酷に見捨てた。十二年の専制支配は崩壊した。李承晩は、五月二十八日、私邸に独裁者の孤独を慰めた愛犬までうち捨てて、アメリカのチャーター機で、慌ただしくハワイに亡命した。

韓国の戦闘的学生の決起につづけ！　東京をソウルに！

それのみが安保を粉砕する唯一の道だ。

その単純明快な主張と激しさは、民主主義の破壊に怒る学生の心情を誘きつけた。学内から出発する彼等のデモに、かなりの学友たちが参加して行った。同じセミの友人、かつてのセツラーの姿があった。ライトブルーの文学部自治会の旗の下で、デモ隊に情勢を報告する自治会副委員長の彼女の姿も見た。学友たちは、まったく無防備だった。身に帯びるものは、何もない。あるものは、ただ生身の肉体と結ぶスクラムのみだ。彼等は、それのみを頼んで、無謀にも機動隊を打ち破ろうというのか。訓練された暴力の壁を圧倒して、国会に突入しようというのか。その瞬間に、冷静に彼等を引き止める者はいるのか。

だが、全学連のリーダーたちは、非暴力主義者ではないのだ。

闘いはゲバルトだ。暴力と暴力の激突だ。立ちふさがる装甲車を排除し、閉じられた国会の門をひきづり倒すには、それなりの武器が必要だ。彼等のデモの先頭には、工具や引き綱を携えた「突撃隊」が立つようになった。

こじ開けた口から、国会へ突入だ。後につづけ！

突撃隊がこじ開けた口を、無防備の学友たちも突入するのだろうか。

われわれのデモへの呼びかけを一蹴して、彼等は出かけて行く。

「誰かが命を落とす！」

ちがうデモ隊から彼等を見送りながら、新セクト結成に際して指導部がいったということばを思い出して、私は暗然としていた。

六月に入っての一夜、私は、北信濃の農村の公民館にいた。社会教育セミの宿泊実習の事前打ち合せに、セミから派遣されて来たのだ。

宿泊実習は、七月の中旬に迫っていた。その村で公民館主事をしているセツルメントOBの千田さんが、一週間の日程や受け入れ団体の調整を済ませてくれていた。私はそれを現地で確認し、千田さんに連れられて役場や団体への挨拶をして歩いた。村の概要が把める資料も入手した。千曲川ぞいに開けた村は、米づくりとりんご栽培がさかんだった。青年団や農家の主婦の生活改善運動や読書会活動が活発な村として知られていた。

この村は、また保守の地盤で、二人の自民党代議士の後援会が、集落の隅々まではりめぐらされていて、村長選、県議選、村議選にいたるまで、なにかと両派は張りあうらしかった。もっともこの後援会、自治研究会だの政治経済研究会だのを名乗っているところが、いかにも信州らしかった。

昨日は、午後のデモの後、夜のバイトを終わって、そのまま上野駅から夜行列車に乗りこんだ。

今日は終日千田さんに連れられて村内を歩き回ったので、どっと疲れが出た。今夜は千田さんの下宿——といっても、大きな農家の離れの一軒家とのことだが——に泊めてもらって、酒でも飲みながら、千田さんから公民館主事の心得をゆっくり聞こうと思っていたが、千田さんは許してくれなかった。

夜八時から公民館で、安保問題を語る会を予定しているとのことだった。

「講師は、寺沼君、君だよ」

いたずらっぽい笑いを浮かべて、千田さんは私に告げた。

「ちょっと待ってくださよ」

抵抗したが、千田さんは聞き入れてくれない。

「帰郷運動のつもりで話せばいいんだ。どんな反応があるか、それが君の勉強なんだよ」

そういわれれば、返す言葉はなかった。

公民館で千田さんと出前の天丼を食った。てんこ盛りの天丼だ。空腹を満たすに充分過ぎる飯の量だ。

千田さんには、ひっきりなしに電話がかかって来たり、青年が訪ねて来たりする。千田さんは、その度に、立って行って応対する。なるほど公民館主事は、ちょうどここに夕飯を食えないほど忙しい。東京生まれという彼が、いつのまにか信州弁になっているのがおかしかった。

そのうち、事務室の有線放送のスピーカーが鳴った。

「公民館から、安保を語る会のお知らせをします」と来た。

国会は連日安保反対のデモに取り囲まれています。

日本の政治をゆるがしている安保とはいったい何でしょう。

安保は、日本の平和や民主主義にどんな関係があるでしょう。

安保は、わたしたちのくらしや村の農業にどんな影響をもたらすでしょう。

安保に賛成の人も反対の人もよく分からない人も、いっしょに話しあってみませんか。今日の講師は、全学連のデモに参加し反対運動にとりくんでいる大学生の寺沼さんです。

今夜八時から、場所は公民館の大広間です。

お知らせが終わると、背中に冷汗が流れた。千田さんは、にやにや笑っている。

まあ、やるしかないか。腹を決めた。

この村のいつもの時間とかいうことで、会は定刻より十五分遅れて始まった。農繁期だから、当然のことだ。二階の畳の大広間に、五十人ほどの村民が集まっている。千田さんは、予想以上の参加者だ、と喜ぶ。

千田さんの司会で、「語る会」が始まった。

はげ頭の公民館長が立ち上がった。国を揺るがす安保の問題はむずかしくて敬遠されがちだが、だからこそ村民の話しあう場をつくることが公民館の使命だ、と立派なあいさつを述べた。日焼け顔や分厚い掌を見ると、本業は、この村の農民にちがいない。

館長に紹介されたので、立ち上がって頭を下げた。会場の後から、

「よう、全学連のカミナリ族！」

すかさず冷やかしがとんだ。晩酌に一杯ひっかけて来た年寄りのようだ。寄席でも聞きに

来たつもりらしい。笑いと拍手が起きた。いきなり先制攻撃を食らった気分だが、なんとなく温かみのある拍手だ。

デモの体験を率直に話した。なぜこれだけたくさんの国民が署名し、反対運動に起ち上がったのか。国会でどんな民主主義のぶちこわしがおこなわれたのか。岸内閣は、どうしてことをいそぐのか。また安保は、日米の戦争同盟であるとともに経済同盟でもある。安保を背景に、日本は経済大国の道を歩む。犠牲になるのは農業だ。工業製品の輸出と引き替えに、農産物の自由化を押しつけられ、アメリカから安い農産物がどっと入ってきたら、日本の農業はどうなるか。学んだなりきに、体験したなりきに、語り終えた。

「せっかくの機会だで、なんか質問やご意見はありませんかいね」

千田さんが聞くと、後の方でさっと手が上がった。さっき田んぼから上がってきたばかりという感じの農家の父ちゃんだ。

「おれは、この前、うちの研究会の代議士先生から安保の話を聞いただいね。だけんど、今日の全学連の兄さんの話は、まるっきり違うじゃねえんかい。おれは、学生さんが嘘いってるとしか思えねえわい。だいたい公民館も公民館だ。こんな嘘っぱちの話をおれたちに聞かせるなんて、おかしいじゃねえんかい。公民館が安保を批判するような会をやるのは、賛成できねえだい」

千田さんが何かいおうとするのを遮って、別の父ちゃんが手を上げた。

「おれは、そうは思わねえよ。おれも、代議士先生の話を聞いただがよ、確かに今の学生さんの話とは、まるっきりちがうわい。だからって、嘘っぱちと片づけちゃあいけねえよ。もしかしたら、先生の方がおれたちを騙《だま》くらかしているかもしれねえじゃねえんかね。だいたいおらた百姓は、田んぼの消毒やりんごの撤果の時期だもんだで、ろくすっぽ新聞なんか読んでねえわね。頭が空っぽの所へもってきて、代議士先生のいうことならって頭のてっぺんから信じちまう。だで、おらた百姓は、いつまでたっても馬鹿のまんまだ。だもんだで、おれは公民館がこういう会を開いてくれたことを感謝してるだいね。じゃあなきゃあ、おれも代議士先生のいうことを鵜《う》呑みにして、国会のまわりで一部の不届きな連中が騒いでいるわいって思い続けていたんでねえかいやあ。大事なことは、ほう、両方の意見を聞いて、自分の頭でよーく考えることでねえんかい」

「ほいじゃあ聞くが」と、さっきの父ちゃんが私に矢を向けて来た。兄さん、と私のことを呼ぶ。「兄さんは、安保は日本を戦争に巻き込むっていうが、戦争ってもんをほんとに知ってるだかい。この前の戦争が終わった時にゃあ、兄さんいくつだったたいねえ」

「国民学校の一年生でしたが……」

「そいじゃあ知ってるとはいえねえわ。おれは、兵隊にとられて満州の奥地に行ってただいね。ソ連が中立条約を破って一方的に攻めこんで来たもんで、満州にいた日本人は、そりゃあひどい目にあったたってことは、兄さんだって聞いて知ってるでねえかい。おれもシベリヤの収容所へ連れて行かれて、三年目に命からがらやっと復員して来たわい。極寒の地で、ろくに食物も与えられないで重労働をさせられて、戦友がどれほど死んだことやら。ソ連は日本と何日戦争しただか知らねが、樺太や千島をぶんどって、中国や北朝鮮まで共産主義の国家にしちまったじゃねえかい。次にソ連が狙ってるのは、日本でねえんかいやあ。侵略勢力はソ連さね。おら共産主義は、大っ嫌いだい。自衛隊なんかソ連にかないっこねえ。アメリカに守ってもらってるからこそ、おれたちはこうやって好き勝手なことといっていられるだいね。だで、おら安保大賛成」

ぱらぱらと拍手が湧く。こうした意見への根強い賛同者がいることは事実だ。

「ちょっと待っておくんなさいよ」

今度は、前の方の席から、中年の女性が口をはさんだ。

「戦争体験じゃあ、わたしだって負けないよ。とにかく終戦後、満州から三人の子どもを負ぶって、抱っこして、手を引いて、やっと還って来たんだからね。父さんは、現地召集されて、それっきりさね。戦後この村で、女手ひとつで三人の子どもを育てて、お姑さまの面倒みて、やっと一息つけるところまで来たんだでねえ。戦争体験は男衆ばかじゃなくて、女衆だって、たいへんな目に会ってきたんでねえかい。戦争はもうこりごり、だで、わたしは安保絶対反対」

今度は、前よりも少し大きな拍手が湧く。

「女衆は、政治のことなんか何んにも分からねえくせに、すぐに感情的になってものをいうで、困るわなあ」と、さっきの父ちゃんがいいかける。

「女、女って馬鹿にするけど、今は、女衆の方が父ちゃんたちより、勉強してますんね」

年配の女性が手を上げて反論した。

「だいたい男衆は、農作業から上がって来ると、酒飲んで夕飯食べて、馬鹿みたいにでかい口あけて、いびきかいて寝てしまうけど、女衆は、それから公民館の分館に集まって、話しあいしてますんね」

「どうせ、姑や旦那の悪口いってるにちがいねえ」

さっきの父ちゃんは、どうしても一言いわなければ、気が済まないらしい。座がどっと笑い転げる。

「そりゃあ、悪口もいいますけどね。今やっているのは、村の婦人会が、公民館の千田さんにも手伝ってもらって、戦争体験の文集をつくるので、その話し合いをしているんですわね。戦争が終わって、まだ十五年しかたたないのに、男衆はもう忘れちまってる。憲法第九条だって、かすんでしまっているんではないですか。だからわたしらの記憶がなまなましいうちに、文集をつくって次の世代に残そうってわけですわね。今日の学生さんのような若い世代が、戦争反対を一生懸命訴えているのは、心強い限りですわ。村の青年団の若い衆も、安保反対のデモで何度も東京へ出かけてますんで、わたしらカンパして応援してますんね」

「うちの倅も、安保反対にかぶれて、国会のデモにばっか出かけて、困ったもんだい。デモに行く暇がありゃ、田んぼのこびえのひとつでも抜いてくれりゃあいいに」

さっきの父ちゃんが、ほんとうに困ったようにいうので、また笑いが広がった。

「おれにも、いわせておくれや」

若い男性が手を上げた。

「それじゃあ、青年団長さんに話してもらうかねえ」

千田さんの指名を受けて、青年団長が立ち上がった。

「おれも、ほう、安保反対にかぶれて、国会デモにおしかけてってる一人だがせえ」

青年団長が真面目にいったのがおかしいと、満場が笑いに包まれる。

県連青や郡連青の動員指令が来たもんだで、おれら東京見物のつもりで国会デモに参加したんだけんど、行ってみたら、もうおったまげちまったいね。とにかく人、人。あれだけの人が、声をからして安保反対を叫んでいるだに、岸内閣は見向きもしねえだんかい。それで野次馬じゃいけねえと、おれら真剣に安保の学習会をやっただいね。話しあえば話しあうほど、安保のたいへんなことが分かって来ただいね。一般団員は意識は低いし、なかみが難しいだで、役員だけの学習会になっちまう心配があったんだけども、何回もやってるうちに、一般団員の方が威勢よくなっちまってせえ。それで、みんなでカンパ集めて、国会デモに行ってるだんね。で、この前は、安保と農業って題で話しあったいね。そうしたら、まあ、いろんな問題が出て来てせえ。みんな今の農政に不満を持ってるだいね。米つくったって米価は安いし、りんごつくったって、ちっとも報われねえ。この頃じゃあ、どこのりんご農家だって、でっかいスピートスプレア買って消毒しているもんだで、農協へ借金ばか増えちまって、まるで借金払うためにりんごつくってるようなものだいね。それでは養豚でもやるかと、豚を育てて売ってみりゃあ、餌代にもならねえだんかい。

それで百姓じゃ食ってけねえから、町場の工場へ稼ぎに出て行かざるを得ねえ。青年団員なんか、もう半分以上が勤め人だんね。工場に出りゃあ、毎日残業残業でしぼられてせえ。だもんで、この頃は青年団の集まりやるったって、夜の九時ごろからせ。そのうち青年団なんか、おっつぶれてしまうんでねえかと、おらほんとうに心配してるだんね。いまに父ちゃんや母ちゃんたちだって、勤めに出るようになるんね。村に残るのは、じいちゃんやばあちゃんだけになっちまう。農業を犠牲にして儲かる資本家は、労働力の次は、土地をよこせ、土地の次は水をよこせ、と来るんね。それを一層おしすすめようというのが、安保ではねえんかい。安保改定で、アメリカの言いなりになってみましょ。農産物の自由化をおしつけられて、日本の農業なんか、ひとたまりもねえわい。そうしたら、父ちゃんたち、どうするだい。田んぼ売って、ごっつい手して、サラリーマンにでもなるだかい。

「こんな情況放っておけねえだんかい。で、青年団では、農業問題の学習会をやろうって決めたところだいね。あととりのおれらは、みんな農業が好きで一生懸命やりてえだ。安保も、もうわずかで決着がつくだで、父ちゃんたちよう、田んぼのこびえ抜かねえなんて、怒らなんどくれや」

団長の熱弁に笑いと拍手が起こった。どういうわけか、さっきの父ちゃんも拍手をしているではないか。

それを機に、公民館の「安保を語る会」は、お開きになった。

私の稚拙な報告は、この村の農民たちを納得させはしなかっただろう。青年団長の方が私よりはるかに説得力があった。しかし、私の話を種に、いいたいことをいいあったのはよかった。その一石になれたことを、率直によろこばなければなるまい。

それにしても、これが、岸が頼みとする票田だ。この票田が存在する限り、国会の周辺を十重二十重にデモ隊が取り囲もうと、自民党政治は安泰だと、岸はたかをくっているだろう。だが、そう一筋縄に行かないのも、日本の、そして信州の農村だ。安保闘争は、ゆっくりとではあっても、村の青年たちを、農家の母ちゃんたちを、そして父ちゃんたちをも確実に動かそうとしている。

その信州の大地が、私の目の前にある。郷里の公民館が、私を待ちかまえている。

千田さんが村に居をすえ公民館活動にとりくんでいる様子を、垣間見ることもできた。千田さんに続け、だ。

安保闘争は短い。されど、地域の変革は永い。胸の内から、自然にそんな言葉がにじみ出た。一九六〇年の六月は、もうすぐ終わる。だが、おれの闘いは、それからだ。

公民館を囲む四方の田んぼから、蛙の鳴き声が闇を充満させているのに、その時やっと気がついた。蛍の光が、五すじ十すじ、田んぼの上の闇をゆっくり流れて行った。


その土曜日の午後は、ぽっかりと開いた自由の時間だった。

数日後、六月の最後の決戦がやって来る。十日には米大統領訪日の地ならしに、ハガチー新聞係秘書が来日する。六・一一の第十八次統一行動。それに続く六・一五、六・一七、六・一九の国会会期末は、労働者のゼネストを含む最後の決戦の山場となろう。そしてアイク来日阻止闘争。戦後の大衆運動史上、これほど緊迫した一週間はないだろう。

土曜日の午後の半日といえ、天がくれた自由の時間はいい。まるで梅雨の晴れ間のように、気持まで明るくなる。雨が上がって、渋谷の雑踏に薄く陽光が差し渡っていた。

私は、午前中勤務の操代と、いつものように渋谷の蛇屋の前で待ち合わせた。駅前の繁華街にまったく不釣りあいだが、十数匹の生きた蛇たちがくねくねととぐろを巻きあうショウウインドを持つ店の前だ。東京にも結構漢方薬の愛好者は多いとみえる。蛇を眺めていると、つい時間のたつのを忘れる。

操代と落ち合って、道玄坂の映画館に直行した。話題の『青春残酷物語』だった。

日本のヌーベル・バーグの旗手といわれる大島渚監督のデビュー作は、社会に対する若い世代の反抗を描いて評判だった。セックスと暴力の日常を生きる大学生の清と真琴。画面いっぱいにそうした情景が大胆に、リアルに、延々と映し出される。セックスと暴力が、青春の爆発であり、古い世代の規制や道徳をぶちこわす若者の反抗なのだ。画面の背景に、韓国の学生動乱や安保反対の全学連のデモが登場する。二人は政治闘争とは別世界に生きる傍観者に過ぎないのだが、暴力とセックスも、社会変革の暴力的学生デモも、ともに既成社会へのやむにやまれぬ若者の反乱なのだ、と暗示される。セックスと暴力が二人の死に直行する青春の残酷さ。同じく学生デモも、「若者の反乱」をつらぬく限り、権力による圧殺または自爆の結末を迎えるしかないことを、映画は予見しているようであった。

滅入ったような気分になって、映画館を出た。気分を直そうと、恋文横丁に入った。ビール一本と大盛りの餃子を操代と分け合って気を晴らし雑踏に戻ると、もう夕刻だった。

信号が青に変わって、駅前の横断歩道を操代と並んで歩き始めた。それは、まったく突然だった。対向の群衆のなかから、湧きだすように彼女が歩み寄って来るではないか。母親らしい年配の女性と腕を組んで近づいて来る。雑踏のなかで、夕日を背に二人の存在するそこだけが切り取られ、アップされて迫って来る。

同伴の女性は多分、いや確かに母親にまちがいない。お似合いの母娘だ。母の力は、娘を解き放ち、軽やかにさせる。新セクトの事務局員として、羽田闘争で逮捕され獄中に縛られた活動家として、文学部学友会の副委員長として、いつも見せる厳しい表情ではなかった。

ちがうデモ隊のなかから私を射る冷徹な眼差しでもなかった。母親と買物の話でもしているのだろうか。なんと温和で、嬉々とした年頃の娘の素顔なのか。

対向の群衆が接近し入り交じった時、彼女は私に気づいたようだ。私に向けた瞳が見開き、そしてゆるんだ。

「元気かい。お母さんだね」

声にならない言葉を、彼女に放った。

「元気よ。恋人？」

彼女は目をちらっと操代に移し、そう語りかけたようだ。

「安保闘争が終わったら、近代史の勉強にうちこめそうだね」

「そうよ。あなたは？」

「おれは、信州へ帰って公民館主事になるのさ」

私は無言で返事を返した。

「そう、それがあなたの道なのね」

すれちがいざま、彼女はまともに私に顔を向けた。掌をさし延ばせば届く距離だ。近々と真正面に見る彼女。口元に笑みがほころんだ。右の掌を腰に当てていっぱいに開き、さよならというふうに小さく振った。口元から頰へ、微笑がゆっくりとふくらんだ。

操代も母親も気がつかない。雑踏のなかの誰も気がつかない。ただ私にだけ向けられた、一瞬の人知れぬ微笑だった。

＊　＊　＊

次の土曜日も雨だった。

図書館の午後の子ども会に、私は「お話し」をかって出た。

児童室の書架から、小川未明の『野ばら』を選んだ。雨は小降りにはなったが、いつもより出足が遅い。七、八人の子どもたちが私を囲んだ。私は膝の上で、『野ばら』をひろげた。

「大きな国と、それよりはすこし小さな国とが隣り合っていました。当座、その二つの国の間には、なにごとも起こらず平和でありました」

都から遠い国境の石碑を守る大きな国の兵士の老人と小さな国の兵士の青年。いつしか二人は仲よしになりました。いっしょに起きて、顔を洗い、天気の話しをしながら、あたりの景色をながめました。老人が将棋を教えると、青年はどんどん強くなり、老人が負かされるようになりました。こずえの上で小鳥はおもしろそうに唄い、白いばらの花からは、よい香りを送ってきました。

冬がきました。老人はせがれや孫が住んでいる南の方を恋しがって、「早く帰りたいものだ」といいました。

読み進めながら、私は、祈るような気持で顔を上げた。部屋の内にも、開け放した窓の外にも、あの女の子は見当らなかった。私は、先を読み進めた。

なにかの利益問題から、二つの国は戦争を始めました。仲のよい二人は、敵、味方の間柄になってしまいました。「わたしは少佐だから、私の首を持ってゆけば、あなたは出世ができる。だから殺してください」と老人はいいました。「どうしてあなたと私が敵どうしでしょう」といって、青年は遠い北の戦場へ去ってゆきました。残された老人は、茫然として日を送りました。野ばらの花が咲いて、みつばちが群がります。耳を澄ましても、空をながめても、黒い煙の影すら見えません。青年の身の上を案じながら、日はたちました。

私を囲む子どもたちは、静かに聞き入っている。ある子は目を上げ、ある子は目を伏せ、それぞれの感じ方で、耳を傾けている。でも、あの女の子は、どうやら今日はやって来ないらしい。

ある日、そばを通りかかった旅人が、小さな国の兵士がみなごろしになって、戦争は終わったと告げました。老人は、それなら青年も死んだのではないかと思いました。そんなことを気にしながら、いつしか居眠りをしました。

そこまで読んで、右手の窓際に目を移した。先週と同じその窓に、女の子を認めた。不自然な姿勢で外から窓枠にしがみついて、私に聞き入っている。耳の上で切り整えたおかっぱ頭、意志の強そうなあの真剣な眼差し。

「やあ、待ってたんだよ」

私は、胸の内で呼びかけて、最後の段落に入った。

するとかなたから一列の軍隊がきます。馬に乗って指揮しているのは、かの青年でありました。隊が静粛に、声ひとつたてずに老人の前を通るときに、青年は黙礼して、ばらの花をかいだのでした。老人がなにかいおうとすると、目がさめました。

「それから一月ばかりしますと、野ばらが枯れてしまいました。その年の秋、老人は南の方へ暇をもらって帰りました」

声を落として、読み終わった。いつもは立ち上がってすぐに騒ぎ出す子どもたちが、静まりかえっている。枯れた野ばらが、ぽとりと地面に落ちる音に、耳をそばだてているような静けさだ。子どもたちの上から、もう一度、右手の窓際に目を移した。

女の子が真正面から、私を見据えた。目からきらきら光が注ぐ。三十年前のあの六月の夜、国会をとりまく闇のなかで惨殺された彼女の眼差しを、私は思い出した。それから女の子は、口元をゆるめて笑いかけた。人知れず、私にだけ分かる微笑だった。

『野ばら』を閉じて、私はすぐ館の外へ出て、中庭へ回った。女の子の姿は、もう見えなかった。

館を囲むヒマラヤ杉の梢から、ふたたび大粒の雨が降り始めた。六月の雨、彼女の雨。中庭の一隅に咲き乱れるばら園に、雨はあの夜のように激しく降りかかる。

私はわけもなく、頬を撃つその雨に、「薔薇雨」と名づけた。

木造校舎の屋根を越えてそびえ立つヒマラヤ杉が、雨の重みに耐えかねて、身を震わせた。どの樹も、どの樹も、連鎖反応となって身を震わせる。その勢いで空気が震え、中庭を風が過ぎる。だが、すぐに、ヒマラヤ杉は瓦屋根すれすれに梢を垂れる。うなだれて、何ごとか祈っている。

雨足は、一層いそがしくなったようだ。私は「薔薇雨」を浴びて、そこに立ちつくしていた。

参考資料　『人しれず微笑まん　樺美智子遺稿集』樺光子編　60・10　三一書房
『友へ　樺美智子の手紙』樺光子編　69・7　三一書房
『最後の微笑　樺美智子の生と死』樺俊雄著　70・4　文藝春秋
『資料　戦後学生運動』4、5　三一書房編集部編　69　三一書房

【参考】本書でうたわれる「うたごえ歌」

*『青年歌集』編集：関　鑑子　発行：音楽運動社・音楽センター
第一編（一九五一年）～第九編（一九六五年）特集（一九六七年）

「死んだ女の子」ナジム・ヒクメット／作詞　飯塚広／訳詞　木下航二／作曲
扉をたたくのは　あたし　あなたの胸にひびくでしょう
*『青年歌集』第五編

「国際学生連盟の歌」ムラデリ／作曲
学生の歌声に　若き友よ手をのべよ
*『青年歌集』第三編

「たたかいの中に」高橋正夫／作詞　林光／作曲
闘いの中に嵐の中に　若者の魂はきたえられる
*『青年歌集』第二編

「組曲『砂川』」窪田享／作詞　小林秀雄／作曲
はてなく広がる武蔵野　西に果てるところ
*インターネットサイト『おけら歌集』掲載

「ワルシャワ労働歌」 鹿地亘／編詞　ポーランド歌曲
　暴虐の雲光をおおい　敵の嵐は荒れくるう
　＊『青年歌集』第三編
「しあわせの歌」 石原健治／作詞　木下航二／作曲
　しあわせはおいらの願い　仕事はとっても苦しいが
　＊『青年歌集』第五編
「赤旗」 赤松克麿／作詞　労働歌
　民衆の旗赤旗は　戦士のかばねをつつむ
　＊『青年歌集』第五編
「五月の恋人」 アンリ・パシス／作詞　ジョセフ・コスコ／作曲
　旗の波うずまく　わが恋人パリ　喜びにわきたち　愛の火にもえる
　＊『青年歌集』特集

あとがき――単行本化にあたって

この小説の主人公寺沼英穂は、一九五七（昭和三二）年四月、信州・松本の高校を卒業し、東京大学の文科Ⅱ類（現在の文Ⅲ）に進学し、学内の駒場寮に入寮しました。

アルバイトに励みながら、北町セツルメント活動（学生の地域ボランティア活動）に参加し、東京大空襲の被災者、外地からの引揚者、失業者など貧民が肩を寄せ合って生きる、世田谷郷と呼ばれた貧民の町に通いつめ、子ども会などに取り組みました。そのかたわら盛り上がりつつある全学連のデモにも足繁く通うようになりました。

デモでスクラムを組む仲間の中に、必ず同学年の女子学生がいました。それが「彼女」（樺美智子）との出会いでした。

砂川基地反対闘争や原水禁運動、全学ストに参加するなかで、他の活動家の仲間達とともに寺沼と「彼女」は、あい前後して、日本共産党に入党し駒場細胞に所属しました。

全国の各地に安保共闘会議が張りめぐらされ、警職法、勤評、国会を取り囲む安保共闘の大集会、交差点のジクザグデモ、街路いっぱいに広がって歩くフランス式デモが繰り広げら

あがたの森文化会館正面玄関（松本市あがたの森文化会館提供）

れました。しかし闘いが激しさを増すにつれて、セツルメントの地域活動に足場を置く寺沼と闘争のより先鋭化を目指す樺美智子との間に、ふさぎ切れない裂目が生じました。それは全学連の分裂と抗争を背景にしたものでもありました。

「彼女」との共闘、論争の後の決定的な訣別。党に踏み止まった寺沼英穂は、ブントに加入し事務局員になった「彼女」とは、違う集会やデモに参加するようになりました。

安保闘争は山場を迎えました。国労6・4ゼネスト、国会構内突入、岸の渡米（安保改定調印）を阻止しようとする羽田事件、安保法案の国会強行採決、米大統領の使者を羽田空港の出口で立往生させたハガチー事件などをへて、一九六〇年六月一五日、ついに雨のそぼ降るあの夜を迎えました。国会南通用門前の夜半の激突のなかで、二二歳の「彼女」は機動隊に踏みにじられ、惨死しました。

あなたには長い人生があるわ。

でもわたしには、もう明日はないの。

闇の中に間違いなく「彼女」の悲鳴を聞きました。

その悲鳴は絶えず背に張りついて離れませんでした。

安保改定が国会で自然成立してしまった六〇年六月から二年後の六二年、英穂は郷里のまち松本に帰りました。ライフワークとして、セツルメント地域活動ともいうべき社会教育・公民館の仕事を始めました。そしていま英穂は、ヒマラヤ杉並木に囲まれた「あがたの森文化会館・公民館・図書館」（重文・旧制松本高等学校の木造校舎）で、住民の学習・文化・地域づくり活動に取り組んでいます。

『薔薇雨』の原稿は、その夜勤の折々に、ノートに書き蓄められたものです。

＊　＊　＊　＊　＊　＊

アンポ　フンサイ！　キシヲ　タオセ！　コッカイ　カイサン！

岸信介首相による安保改定に反対して闘われた六〇年安保闘争は、敗戦後七五年をへた二〇二〇年の今年、六〇周年を迎えました。

敗戦後まだ一五年、なまなましい戦争の記憶のなかから、平和と民主主義を渇望した国民や全学連の学生たちは、六〇年安保闘争を激しく闘いました。

戦後最大のこの国民運動は、平和と民主主義を築こうというその後の国民の闘いに、そして今日の運動に広く深くつながって来ました。戦後大衆運動の原点ともいえます。

ですからこの闘いを、六〇年前の昔語りとして、風化させてはならないと思います。

古きを識って、今を見る、これからを切り拓く。そのため六〇年の時空を超えてこの闘いをリアルに再現し、六〇年安保闘争をあえて現在進行形の闘いとして、読者の皆さまにお届けするのが、本単行本化に当たっての著者の願いです。

当時全学連の学生は、情熱をもって実によく議論にあけくれました。安保改定を、国民の反対運動を、学生の政治活動を、日本という国の未来と来たるべき社会の変革を、どう考えるか。意見をぶっつけあい、激論し、行動に立ち上がったのでした。

その激論と運動を、六〇年安保闘争の数々の闘いの場面を背景に、闘いの真っ只中に生きた寺沼英穂と「彼女」（樺美智子）の出会い・共闘・論争・訣別の物語を通じて、読者の皆さまにお読み取りいただければ、まことに幸甚です。

時あたかも、安保改定六〇年の節目に、岸信介が果たせなかった「九条改憲」の野望を、孫に当たる安倍晋三首相が強行しようとしています。安倍が「安保改定六〇年」をいうなら、われわれは「安保闘争六〇年」を叫び、街頭に出ます。いまこそ六〇年安保闘争のように闘う時代がめぐってきたのです。

最後に本書出版に当たって、「単行本化に寄せて」の一文をご寄稿くださった江刺昭子さまと、単行本化にご尽力くださり、さまざまなご示唆やご指導をくださった同時代社の川上隆社長（編集長）に、心から感謝申し上げます。

著者略歴

手塚　英男（てづか・ひでお）

1939年、信州・松本に生まれる。

1957年・東京大学文科Ⅱ類に入学。セツルメント活動に参加、また故・樺美智子らとともに学生運動に足繁く通う。57年砂川基地拡張反対闘争〜60年安保闘争をたたかう。

1962年教育学部（社会教育専攻）卒業後、郷里の松本市で教育委員会職員となり、公民館など現場の社会教育活動に従事。地域の青年・女性・高齢者の学習・文化・スポーツ運動や読書会活動を支援。あがたの森文化会館、勤労青少年ホーム、総合社会福祉センター、なんなんひろば・中央図書館・市立博物館などで館長を勤め、98年退職。

その間、「信州年寄り通信」（信州の高齢者のつづり方文集全35集）を主宰・発行。

退職後は一市民として、市が進める大型ハコモノ事業や平成の合併に反対する住民運動、市民の財政白書づくりに取り組む。

主な著・編著に『学習・文化・ボランティアのまちづくり』『65歳からのいきいきにんげん宣言』『みや子・みとしの昔語り』『長野県公民館活動史』『松本市公民館活動史』『松本市青年団運動史』『奉安殿という呪縛』など。歌集『大樹の杜』『豪雨の杜』、障がい者詩集『ねむの木』、絵本『お山に春がやってきた』、紙芝居『三月の陽だまり――図書館ホームレス物語』『ぼくらは開智国民学校一年生』（戦時下の国民学校を描いた作品。紙芝居じじをやっています）。これまでの紙・誌への発表レポートを収録した『信州・松本――社会教育職員の仕事　復刻手塚英男の実践レポート』（全13集　現在８集まで発行）。個人通信『東々寓（とんとんぐう）だより』を発信中（既刊45号）。

同時代社から中短篇小説集『酔十夢』（全２巻）、ブックレット『日本老民考』（全６集）を発刊。

薔《ば》薇《ら》雨《う》　1960年6月
——樺美智子との出会い・共闘・論争そして訣別

2020年4月30日　初版第1刷発行

著　者　手塚英男
装　幀　クリエイティブ・コンセプト
制　作　い　り　す
発行者　川上　隆
発行所　㈱同時代社
〒101-0065　東京都千代田区西神田2-7-6川合ビル
電話 03(3261)3149　FAX 03(3261)3237
印　刷　中央精版印刷株式会社

ISBN978-4-88683-874-2